I0656451

JOB

L'HOMME

A

TOINON

PARIS. — E. DENTU, Éditeur, Palais-Royal.

L'HOMME A TOINON

DU MÊME AUTEUR

EN VENTE

Au Voleur ! avec une Préface de Xavier de Montépin, 1 vol. . . . . 3 fr.

SOUS PRESSE

Pauvre Aveugle, s'il vous plaît ! 1 vol. . . . 3 fr.

La légende de Fort-en-Gueule, apôtre et martyr. 3 fr.

F. Aureau. — Imprimerie de Lagny.

A. JOB

L'HOMME

A

TOINON

PARIS

E. DENTU, ÉDITEUR

LIBRAIRE DE LA SOCIÉTÉ DES GENS DE LETTRES

PALAIS-ROYAL, 15-17-19, GALERIE D'ORLÉANS

—

1883

PRÉFACE

Parmi les idées que l'heure actuelle couve et jette aux quatre vents, s'il en est de grandes, de fécondes et dont nous ayons lieu d'être fiers, il en est de bizarres aussi.

On bouleverse tout.

Pas un flot sur lequel on n'essaye de construire, pas une pyramide que des gens avisés ne retournent sur son sommet.

En philosophie, l'intelligent est remplacé par le stupide; en musique, en peinture, en architecture sont à la mode : l'ennui à jet continu, un gâchis insipide et même rien du tout; en littérature... chut!... quoiqu'il y ait beaucoup à dire; certaine politique admet comme moyens de gouvernement le vol, les fusillades et l'incendie et voici qu'à propos d'humanité, on préconise les scélérats!

Un crime a-t-il été commis...

Un homme a-t-il à coups de bottes écrasé une pauvre petite fille après l'avoir violée... ou simplement massacré son père, sa mère, ses frères, ses sœurs, ses enfants et même son concierge... il devient à l'instant l'objet d'attentions les plus délicates. On l'arrête — quelquefois. — Mais avec combien de ménagements! — Prenez garde qu'il ne s'enrhume, Dieu! s'il allait se casser quelque chose, les cachots sont si mal capitonnés! Ciel! s'il allait ne pas pouvoir recommencer! Il y a toujours là un philanthrope pour le ramener au bien, un sage pour démontrer que, dans le premier cas, il n'avait pas tout à fait tort et que, dans le second, il avait peut-être raison. Est-il bien responsable de ses actes ?

Et ses remords donc, s'assoit-il dessus ?

Le Jury l'excuse, la Presse le plaint, M. le Président le gracie et s'il ne préfère conserver les bonnes rentes qui lui ont été faites pour le reste de ses jours, le cher gredin peut bientôt revenir au milieu de nous, recommencer ses petites fredaines.

Où allons-nous ?

Qui, excepté le coupable, sera sûr du lendemain ?

Le vol va devenir une distraction.

L'assassinat, une partie de chasse.

On risquera tout au plus d'encourir la simple contravention.

N'importe et dussent mille innocent périr sous ses coups, épargnons le coupable !

Ainsi le veut l'humanité.

Place aux gredins !

Ainsi le veut la justice.

Aussi les voyons-nous, comme d'un cadavre en putréfaction sortir... et grouiller... ces hideux vers. Ils grandissent, ils se redressent... on dirait presque des hommes. Ils pénètrent partout et partout sont les bien venus; dans la société, dans les grandes affaires et jusque dans les Conseils de l'État.

A qui les prend la main dans le sac, ils envoient leurs témoins et le volé est contraint de faire les plus plates excuses ou de se laisser couper la gorge.

Honneur aux gredins!

Encore un peu on verra en eux des héros, des martyrs, les précurseurs d'une foi nouvelle.

On leur élèvera des statues.

Sur le piédestal de saint Vincent de Paul, Cartouche ferait bien, Papavoine encore mieux; Tropmann serait d'un réussi à tout casser.

Pourquoi ne pas effacer notre radieuse devise :

LIBERTÉ, ÉGALITÉ, FRATERNITÉ.

Et en tête de nos lois, aux frontons de nos édifices, sur nos drapeaux, la remplacer par celle-ci incomparablement plus réaliste :

LA BOURSE OU LA VIE !

On aime les gredins, eh bien, en voilà !

Contemplons « Polyte » dans sa gloire et prosternons-nous... mes frères.

Polyte est Dieu ! Trou-d'Balle, Jambe-de-Coq et Ventre-d'Osier sont ses prophètes !

Dans un précédent ouvrage « *Au voleur* » nous avons, en le tirant de sa fange, avec des pincettes, montré ce que c'est qu'un escroc. Aujourd'hui, c'est un assassin que « *nous avons l'honneur de vous présenter.* »

*
* *

Puissent ces humbles pages aider à mettre chacun à sa place, c'est-à-dire :

L'enfant à l'école.

L'homme à l'atelier.

L'escroc à Cayenne.

L'assassin à l'échafaud.

Et certains philanthropes... à Charenton.

A. J.

L'HOMME A TOINON

I

UNE BELLE MATINÉE

Tout semblait endormi à la ferme des Houx encore enveloppée d'ombre et de silence, l'aube à peine paraissait, lorsque les deux volets d'une fenêtre, s'ouvrant avec fracas, laissèrent apparaître une fillette à peine vêtue.

Peut-être avait-elle dix-sept ans.

Pas grande, fluette, le regard empreint d'une indéfinissable douceur, elle avait gardé de l'enfance cette grâce naïve qui charme les yeux, cette voix cristalline qui enchante l'oreille et le cœur ;

et ce ne fut pas sans une sorte de coquetterie qu'elle écarta de son front d'épaisses ondes d'une chevelure soyeuse qui retombèrent sur ses épaules, en flottant au vent. Hélas ! c'était tout ; meurtrie par le travail, hâlée par le soleil, l'enfant était déjà fanée, les fleurs de son teint étaient mortes.

On vieillit vite, aux champs.

Longtemps cette sœur des bluets et des coquelicots demeura accoudée sur l'appui de pierre, contemplant, peut-être sans voir, les étoiles qui s'éteignaient dans la lumière croissante et les petits nuages rosés qui couraient dans l'azur précédant le soleil.

Enfin l'alouette chanta.

Les coqs appelant et se répondant à l'envi jetèrent leur fanfare éclatante.

C'était le jour !

D'abord émergèrent des ténèbres les bâtiments de la ferme, effondrés, décrépits, disposés tant bien que mal autour d'une cour carrée : au fond, les granges avec un hangar ouvert ; de chaque côté les étables et en avant, près de l'entrée, le logis du maître, bâtisse massive à laquelle on accédait par un perron en pierres brutes.

Dans un coin un chariot.

Ailleurs, une charrue boueuse, une herse éden-
tée, une auge.

Tout cela se mirant par-dessus un tas de
fumier, dans une mare fétide et noire vers laquelle
accouraient déjà les canards joyeux.

Le tas de fumier ! C'est là que trônaient, tant que
durait le jour, poules, poulets et pigeons, picorant
à gogo, piaillant à merci, s'envolant par grands
essaims quand quelque intrus, chien ou cheval,
venait troubler la fête, mais ne s'envolant que
pour revenir aussitôt.

Puis se montrèrent les hauts sapins de la route
secouant leurs ramures puissantes.

Ensuite des champs, des prés, des plaines à
perte de vue...

Et là-bas bien loin, indiquée par un panache
de fumée qui tournoyait et prenait le vent, la
forge d'Avrimont appartenant alors à M. Joseph
Beloison.

Un homme important que ce Beloison.

Fichtre !

Grand, osseux, la tête carrée, la mâchoire agi-
tée d'un mouvement convulsif et comme mâ-
chant à perpétuité quelque parole amère, la

main droite dans la poche de son pantalon, et comme y remuant sans cesse des pièces de cent sous, vêtu été comme hiver d'une longue houppelande et marchant automatiquement, il semblait la machine faite homme ! Oh ! jadis en traînant la brouette il ne portait pas le verbe si haut ; mais Joseph Beloison travailleur et économe, de manœuvre était devenu ouvrier, d'ouvrier contremaître, puis il avait épousé une veuve qui était morte en donnant le jour à un fils qu'on nomma Raoul ; enfin, à force de prendre sur son cœur, sur son ventre et sur tout le monde, il avait assez amassé pour acheter l'usine de ses patrons et devenir M. Joseph Beloison, maître de forges et, s'il vous plaît, maire de la commune d'Avrimont.

Si sec, si hautain que fût M. J. Beloison, maître de forges, il y avait dans le pays quelqu'un de plus guindé que lui.

C'était mademoiselle de la Ferté, dont on apercevait le château perché sur une colline opposée à la forge, au milieu d'un bois épais.

Trente à trente-trois automnes formaient son âge et la silhouette d'un porte manteau indiquerait assez exactement les charmes de sa tournure, mais quel maintien, que de dignité osseuse !

Quoi que fît le maître de forges, il ne pouvait atteindre à l'air de suprême arrogance que savait prendre la donzelle ; il en rageait tout bas et feignait d'en rire ; mais son rêve le plus cher, disaient les malins de l'endroit, était de la jeter insidieusement dans le plus incandescent de ses fourneaux, ou de la marier à Raoul.

Mademoiselle de la Ferté vivait seule avec quelques domestiques dans son castel, ne recevant de temps à autre qu'un vieil oncle qu'on appelait, — personne n'a jamais su pourquoi, — M. le Commandeur, une vieille tante nommée madame des Poirieux et quelques hobereaux du voisinage.

Un peu plus sur la gauche, se montrait encore la flèche d'un clocher.

C'est l'église des Blaviers, humble village de quelques cahutes, enfoncé dans un vallon.

Longtemps la fillette considéra ces choses, laissant errer son regard du zénith à l'horizon lointain, à la forge, au château, mais quand elle l'arrêta sur le clocher des Blaviers...

... Une larme tomba sur sa lèvre tremblante...

— Eh ! Toinon ! cria une voix.

— Hein... quoi ? répondit la jeune fille honteuse
d'être surprise dans sa contemplation.

— Quoi que tu fais à bayer aux astres, oublies-
tu la soupe des gars ?

— On y va, notre maître.

— On y va ! Il est bien temps... cristi !... Nom
de nom de nom ! A quoi donc pensent les filles !
Que le bon Dieu les patafiole toutes tant qu'elles
sont.

Et bientôt Toinon dégringola l'escalier réveil-
lant, au bruit de ses sabots, les échos d'alentour.

Elle gravit lestement les degrés du perron,
poussa une porte qui se trouvait devant elle et
entra dans une salle obscure encore, malgré le
soleil qui commençait à percer de ses rayons ar-
dents les vitres irisées de spirales verdâtres et
les toiles d'araignées toutes chargées de poussière.

C'était la cuisine.

Une grande salle au sol raboteux, aux murs
noirs ; élevée avec des solives apparentes au plafond ; longue avec une grande table entre des
escabeaux, un dressoir chargé de vaisselle et une

haute cheminée où grésillaient encore sous la cendre quelques tisons restés de la veille.

Toinon ramassa dans un coin une brassée de branches sèches, qu'elle jeta dans l'âtre, souffla dessus et la pièce s'éclaira aussitôt d'une lueur mélangée de fumée.

Éternuant, toussant, éperdue dans son nuage, Antoinette allait, venait, rangeant les escabeaux, essuyant la grande table et plaçant dessus dans un ordre parfait des assiettes ébréchées, des gobelets d'étain et des miches d'un pain monumental qu'on aurait cru pétri avec du mortier. Jugeant que le feu était suffisamment pris, au risque d'être asphyxiée, elle pénétra de nouveau dans l'âtre, accrocha à la crémaillère une marmite en fonte toute noire dans laquelle tombèrent pêle-mêle toutes sortes de choses copieuses et substantielles et la soupe se mit à bouillir, murmurant sa petite chanson. Qui a jamais traduit en langage humain la chanson de la soupe? et pourtant que de jolies choses là dedans, pour un estomac affamé ! Tandis que la soupe chantait, Toinon se remit à torchonner à grands tours de bras en faisant voltiger dans l'air des myriades d'atomes mêlés de fétus de paille et d'épluchures qui retombaient tout tranquillement dans les assiettes.

Et bientôt les gens de la ferme commencèrent à arriver, un à un, lentement, se détirant les bras, comme des gens qui auraient bien dormi encore un brin.

Pendant que se terminaient les apprêts du déjeuner on se mit à causer de la pluie, du beau temps et de Jacqueline dont la vache venait de mettre bas un veau mort-né.

— Pauvre Jacqueline !

— Pauvre vache !

— Il y a des familles qui n'ont pas de chance !

Puis on raconta l'aventure du grand François qui, la veille, au cabaret, avait poché un œil au petit Baptistin, sous prétexte que ce dernier l'avait regardé de travers.

— François est trop susceptible.

— Pas sa faute, au petit Baptistin, s'il regarde les gens de travers, il louche.

— C'est vrai, ça, il louche même devant le rôti.

— Et c'est bien assez désagréable de déclancher d'un œil sans qu'on vous y cogne encore dessus.

— Aussi, j'y ai dit, moi, à François, t'es trop
susceptible.

— C'est vrai, il est trop susceptible... il l'est
trop.

— Toinon ?

— Hein !

— Toinon ?

— Quoi ?.. qu'on vous dit ?

— Il y a du crottin dans mon écuelle !

— C'est Germain qui l'y aura fait tomber en
enjambant par-dessus.

— Ah ! alors...

Tout en devisant de la sorte, ces gens s'étaient
assis, l'un à cheval sur son escabeau, l'autre les
deux coudes sur la table.

L'odeur de la bonne soupe commençait à se répandre dans l'air; à ces âcres parfums les narines
de chacun se dilataient, les yeux s'écarquillaient
de plaisir et, tout à fait mis en gaieté, Germain
saisit Toinon par la taille au moment où la jeune
fille approchait de lui, la cuillère à pot remplie
jusqu'aux bords.

— Toinette, faut que je t'embrasse !

— Voulez-vous finir !

— Il n'y a pas, là... faut !...

— Finissez donc !

— Pour la peine que tu nous fais d'aussi bonne soupe, faut que je t'embrasse !

— Je ne veux pas !

— Moi j'veux !

— Non !

— Si !

— Non... ou je vous flanque la cuillère...

L'effet suivit de près la menace. Soit que la jeune fille eût fait comme elle le disait, soit par malheur, elle heurta le trop galant Germain, l'inondant d'un brûlant liquide mêlé de carottes et de tranches de pain.

Chacun éclata de rire.

On se tordait, Étienne en cassa le pied de son escabeau et Scholastique roula jusque sur les cendres du foyer.

Germain, seul, ne riait pas.

— Nom de nom ! Credié ! Oh !

— Pourquoi que vous ne finissiez pas !

— Je te vas flanquer...

— Viens-y donc !... exclama Toinon en brandissant sa cuillère à pot !...

— Mijaurée du diable !...

— Je ne veux pas qu'on m'ennuie !

— Tu fais bien ta tête ....

— C'est comme ça...

— Voyez-vous cette princesse ! continuait Germain en s'essuyant le visage.

— Pourquoi que tu l'obstines ? objecta un gars qui jusqu'alors s'était contenté de rire.

— Je l'obstine !... Oh ! là là... je l'obstine !... oh ! ça me cuit-il... Je l'obst...

— Tu sais bien qu'elle reçoit tout le monde comme ça...

— Oh ! là là... quel malheur... une enfant trouvée sans père ni mère, nourrie ici par charité.

— Dites donc ! je gagne mon pain comme vous et les autres, répondit Toinette indignée, et c'est justement parce que je suis toute seule qu'il faut bien que je me défende moi-même.

— Se défend... Si ça ne fait pas de la peine... On ne te mangerait pas, t'es trop sèche pour ça...

— A boire ! à boire ! crièrent à la fois tous les gars en frappant la table avec leurs gobelets. Toinon ! t'as oublié le pichet.

Enchantée de voir la conversation changer d'objet, la fillette, qui achevait d'emplir les assiettes, s'empressa de courir à la cave.

— Dites donc ? Savez-vous la nouvelle ?

— Nom de nom ! continuait Germain, j'ai un œil incendié.

— Quelle nouvelle ?

— Vous savez bien, M. Raoul.

— M. Raoul Beloison ?

— Oui.

— Je l'ai rencontré l'autre jour près de la forge.

— Qué mine qu'il a, bon Dieu !

— C'est-y vrai qu'il a mangé tout le bien qui lui revenait de sa mère ?

— Sans compter qu'il a joliment ébréché celui qui lui reviendra de M. Beloison.

— On le dit.

— Eh bien, ça ne lui a guère profité. Il est maigre comme un échalas, il tousse comme un pulmonique, et avec ça, plus de cheveux sur la tête... Oh ! là là...

— Vraiment... lui qui était si beau, si brave !

— Eh ! eh... la vieille Mathurine !... Vous en savez donc quelque chose ?

La vieille Mathurine fit un soubresaut.

— Apprenez que je suis honnête ! répliqua-t-elle aigrement.

— Pardi... à soixante-quatre ans !...

— Que je l'ai toujours été.

— Et de plus bossue.

— Ah! ah! ah!

— Jamais M. Raoul ne m'a tant seulement re-gardée.

— Toutes les filles du pays n'en sauraient dire autant... En a-t-il eu... en a-t-il eu...

— Pardi, quand elles ne veulent pas de bonne volonté il les prend de force.

— Si on ne tarabustait pas un tantinet les filles, à quoi que ça nous servirait d'être les plus forts? observa judicieusement Germain.

— C'est vrai, ça.

— Eh bien, M. Raoul?

— M. Raoul...

— M. Raoul se marie...

— Ah! bah!

— Vraiment!

— Il se marie... C'est-y Dieu possible... Et il épouse?...

— Il épouse...

— Dis donc?

— Il épouse mademoiselle de la Ferté.

En ce moment on entendit du côté de la cave

un cri... et l'on vit Antoinette tomber sur le parquet, inanimée, comme morte.

Chacun s'empressa autour d'elle pour la relever.

— Eh bien, qu'est-ce qu'elle a ? demanda le maître de la ferme.

A force de l'inonder d'eau fraîche et de lui taper dans les mains, on finit par ranimer la fillette qui murmura :

— Oh !... Raoul se marie !...

— Elle aussi, répondit-on dans l'assistance... Ah ! ah !... voyez-vous ça... Voilà donc pourquoi mamezelle rudoyait si fort les gars... Lui faut des fils de maîtres de forges... Ah ! ah ! ah !

Toinon ouvrit démesurément les yeux, se releva d'un bond, et s'enfuit...

II

ÇA SE GATE

Pendant que Germain et les autres, sortis sur le perron, la poursuivaient de leurs quolibets, Antoinette traversa la cour et allait en franchir le seuil quand Pataud, le chien de garde, sauta après elle en lui léchant le visage et les mains.

La fillette avait beau se débattre et crier :

— Assez, Pataud, assez !

Pataud n'en continuait que de plus belle.

On aurait dit que l'animal comprenait ce qu'éprouvait la jeune fille et cherchait à la consoler.

— Adieu, Pataud, adieu ! continua Toinon. Je t'aimais comme tu m'aimes, mais il faut nous quitter... Adieu !

Après avoir embrassé Pataud à son tour, elle s'échappa enfin et reprit sa course de toute la vitesse de ses sabots.

Le soleil commençait à briller au ciel.

Les dernières vapeurs de la nuit disparaissaient, l'insecte s'éveillait sous l'herbe, l'oiseau voletait dans les buissons, au loin une voix enrouée psalmodiait quelque complainte amoureuse, sur ce mode traînard habituel aux paysans; tout un hymne de joie s'élevait de la terre vers Dieu, louant la belle journée qui se préparait et le bonheur de vivre.

Antoinette, haletante, courait toujours.

Tantôt un gars s'arrêtait ébahi pour la regarder et lui crier :

— Eh ! Toinon!... Bonjour !

Ou bien un autre lui demandait :

— Où donc que tu vas si vite, Toinette?

La jeune fille n'y prenait garde, n'écoutant que le glas funèbre qui sonnait en son cœur la fin d'un rêve envolé !

Et les gens s'en retournaient, se demandant si le feu n'était point aux Houx.

Toinette alla longtemps ainsi.

Enfin elle entendit le bruit d'une charrette qui arrivait derrière et une voix lui cria :

— Eh ! Toinon !

La jeune fille, cette fois, se retourna.

— Tiens, c'est vous, père Ladurot? fit-elle.

— Eh oui, c'est moi !

Ladurot, vieux vigneron, tordu comme un ceps de vigne, mais l'œil brillant encore sous ses sourcils gris, vaquait à ses affaires, monté dans sa guimbarde et conduisant allègrement sa jument Cocotte.

— Arrête-toi donc ! continua-t-il.

— Je suis pressée !

— Ça se voit, et où que tu vas ainsi ?

— Aux Blaviers, donc !

— Monte près de moi, j'y passe ; t'arriveras plus tôt.

— Merci bien, monsieur Ladurot.

— Monte donc ! puisque je te le dis.

La jeune fille se décida, après quelques façons, à monter près de Ladurot.

— Tiens ! continua celui-ci en fouettant Cocotte, est-ce que tu aurais pleuré... par hasard?

— Non.

— Si, ben sûr.

— Non, que je vous dis.

— Qu'est-ce qui te chagrine ?

— Rien.

Le père Ladurot se gratta l'oreille avec le manche de son fouet.

— Enfin, continua-t-il, c'est ton affaire... Mais je suis d'avis que celui qui te ferait pleurer n'aurait pas raison, parce que tu es une brave fille, et bonne, et courageuse. — Oh ! je te le dis comme je le pense, moi... Hue ! Cocotte.

Antoinette ne répondit rien.

On alla encore quelques centaines de tours de roues.

— Est-ce que tu sais la nouvelle ? continua Ladurot qui décidément était en train de jacasser.

— Quelle nouvelle ?

— Le fils à M. Beloison épouse mademoiselle de la Ferté.

— Qu'est-ce que cela me fait ?

— Et à moi, donc ?... Quelle noce ! Les écus vont danser plus que les cœurs assurément, mais n'empêche que ce sera une belle noce tout de même... à quand la tienne, Toinon ?

— La mienne ?

— Eh oui...

— Ah ! ah !

— Comme tu dis cela !

— Je ne dis rien.

— Tu m'inviteras, pas vrai ? Je retrouverai tout exprès des jambes pour pincer un rigodon, parce que je serai content, ce jour-là, de te voir heureuse comme tu le mérites... ce jour-là...

— Est-ce qu'on épouse une fille qui n'a rien, ni sou ni maille, pas même un nom ?

— C'est vrai que cela te fait du tort... mais un bon garçon...

— Il n'y en a plus.

— Allons donc !

— Une fille comme moi... c'est un joujou qu'on jette au tas après l'avoir cassé. Oh !... mon Dieu ! mon Dieu !

— Quand je te le disais... que tu avais du chagrin... un chagrin d'amour... Diable ! diable !

Et comme Ladurot vit que cette fois la jeune fille était déterminée à ne plus ouvrir la bouche, il se contenta de crier :

— Hue ! Cocotte.

La jument, d'ailleurs, n'en allant ni plus ni moins vite.

— Après une heure de cette allure, on atteignit les maisons des Blaviers.

— Est-ce bien ici que tu descends? demanda Ladurot.

— Oui bien.

— En ce cas... Là... là... Cocotte... elle ne veut plus s'arrêter, maintenant... Oh ! les juments !... comme les femmes !... quelles têtes !

— Bien obligée, monsieur Ladurot, fit Toinon en sautant à terre.

— Il n'y a pas de quoi.

— Adieu, monsieur Ladurot.

— Bien le bonjour, Toinette... Hue ! Cocotte... allons, voilà ma satanée bête qui ne veut plus marcher, à cette heure... quand je le disais ! Hue donc !... Adieu, Toinette, et ne pleure plus, va, ce ne sera rien.

La fillette hésita un instant, jeta autour d'elle un regard, comme si elle craignait d'être aperçue ; puis, s'écria tout à coup :

— Au fait ! qu'est-ce que cela me fait maintenant?

Et elle reprit sa course, dévalant par un chemin creux, tout pierreux, taillé à vif dans le versant de la colline.

Elle arriva bientôt devant une maisonnette dont
le toit garni de mousses et d'iris s'inclinait jusqu'à terre, caché aux regards par un bouquet
d'arbres rabougris; une haie d'aubépines enser-
rait autour de cette habitation un humble jar-
dinet où croissaient sur le pied de la plus par-
faite égalité les choux, les poireaux et les roses et
le cerfeuil appétissant et le thym parfumé; tout
cela pêle-mêle, empiétant sans scrupule sur des
allées larges comme la main. Un pinson avait élu
près de là domicile et payait son loyer en fredons.

Antoinette entra dans une salle, tellement en-
fumée et obscure qu'au premier abord on n'y
distinguait rien; ni la cheminée massive, ni le lit
entouré de rideaux.

La jeune fille n'hésita pas.

Elle se dirigea vers la cheminée, trouva là une
bonne vieille qui, assise dans un fauteuil, faisait
danser sur ses genoux une enfant mignonne et
blonde.

La fillette les embrassa toutes deux d'une
même étreinte et, en proie à un désespoir indi-
cible, se prit à pleurer amèrement.

On n'entendit d'abord que ses sanglots.

— Ah bonne sainte Vierge, Jésus mon Dieu !

qué qu'l'as petiote Toinon ? s'écria enfin la vieille,
tu me fais quasiment peur !

— Ah ! Thérèse !...

— Ah ! pauvres gens, pauvres gens que nous
sommes, quoi qu'il t'est encore arrivé ?

— M. Raoul se marie.

. . . .

— Je me doutais bien un peu que cela se ferait
un jour ou l'autre.

— Malgré tout ce qu'il m'avait dit...

— As-tu donc jamais cru à ses promesses ?

— Malgré l'enfant.

— Il s'en moque bien... Ah ! les hommes ! Et
qui épouse-t-il ?

— Mademoiselle de la Ferté.

— Jolie pierre qu'il met dans son sac !

— Avec de l'argent.

— Oui... je ne dis pas... elle a de l'argent... et
puis elle s'appelle mademoiselle de la Ferté ; ça
sonne mieux que rien du tout.

— Pleure pas m'amie Toinon, dit l'enfant en
essuyant du bout de sa menotte rose les larmes
de sa mère.

— Pauvre Églantine, voilà que tu n'as plus de
père à cette heure.

— En a-t-elle jamais eu un ! continua la vieille
Thérèse. M. Raoul a-t-il jamais fait quelque chose
pour elle, l'a-t-il jamais seulement vue, embras-
sée ?

— C'est peut-être pour ça qu'il l'abandonne.

— Ah ! ouiche !

— S'il savait comme elle est belle, comme elle
est affectueuse, comme ses baisers sont doux,
peut-être l'aimerait-il et alors... Voyons est-ce
qu'il est possible qu'on n'adore pas cette enfant-là ?

— Pauvre Toinon !... Et quand le mariage se
fait-il ?

— Jamais il ne se fera.

— Jam... voyons que te passe-t-il par la tête ?...

— Non je ne le veux pas. Écoute : Je vais
prendre mon enfant, je vais aller me jeter avec
elle aux pieds de Raoul, de M. Beloison, de la
fiancée, je vais leur dire... oh ! je ne sais pas ce
que je leur dirai, mais ils auront pitié de moi,
pitié d'Églantine, ils ne feront pas une chose si
abominable... Il le faut te dis-je, vieille Thérèse,
moi ça m'est égal, mais je ne veux pas qu'Églantine soit aussi une fille sans nom... un jouet pour
des valets de ferme !

— Toinette écoute...

— Habille l'enfant, mets-lui sa robe des dimanches et ses petits souliers bleus.

— Tu fais une sottise !

— Il le faut.

— M. Raoul se soucie de sa fille comme d'une dent malade, mademoiselle de la Ferté te fera chasser par ses domestiques et quant à M. Beloison... il a le bras long, tu sais, et ne plaisante guère... Il t'arrivera malheur.

— Ne me dis pas cela.

— Si, parce que c'est la pure vérité.

— Je le veux, je le veux, te dis-je, habille la petite.

— Qu'il soit donc fait suivant ton désir, mais je te le répète, je n'augure rien de bon de ce que tu entreprends.

La toilette de l'enfant fut bientôt faite, et vraiment avec sa belle robe, avec ses grands yeux bleus, étonnés, Églantine était à manger de caresses.

Après un dernier baiser, Toinon prit son enfant dans ses bras et repartit.

Le soleil devenait brûlant.

Au ciel, si pur à la première heure du jour, se montraient peu à peu des nuages pesants, pressés, s'entassant les uns sur les autres et teignant l'azur de nuances moroses.

Le vent par rafales soulevait la poussière du chemin.

L'enfant se mit à pleurer.

— Qu'as-tu ? demanda la mère.

— Rien.

— Tu souffres ?

— Non... j'ai peur.

— Viens, viens, dépêchons-nous, continua Toinette.

La pauvre mère était en sueur.

Les gouttes lui tombaient du front, son souffle haletait dans sa poitrine.

Mais, à mesure qu'elle approchait de la forge, elle sentait sa résolution s'évanouir ; ce qui lui semblait si simple quelques heures auparavant, lui apparaissait maintenant comme une chose terrible. Soit de fatigue, soit d'émotion, elle allait peut-être s'arrêter, lorsqu'au détour du chemin, elle aperçut tout à coup quelqu'un qui lui cria.

— Où vas-tu ?

La foudre n'eût pas davantage terrifié la pauvre Toinette.

— Monsieur Beloison ! fit-elle en laissant glisser sa fille de ses bras.

Le maître de forges était en effet devant elle, debout, les bras croisés, l'œil en feu et lançant des éclairs ; les longs pans de sa houppelande soulevés par le vent s'agitaient derrière lui d'une manière qui parut à Toinette remplie de majesté.

— Où vas-tu ? répéta-t-il.

— Je ne sais pas, répondit Toinette.

— Ah ! tu ne sais pas, ah ! tu ne sais pas... Je le sais moi, ou plutôt je le devine, ce n'est pas par hasard que tu te trouves d'aussi bonne heure sur le chemin de la forge avec ta portée dans les bras.

— Monsieur Beloison !...

— Je sais tout, mon fils m'a tout dit. Ah ! petite gueuse ! Non contente d'avoir enjôlé cet imbécile de Raoul tu viens chez nous faire de l'esclandre.

— Moi j'ai...

— Tais-toi !...

— C'est moi que vous accusez !

— Tais-toi, te dis-je, pas un mot de plus ! Tu voudrais bien faire croire que Raoul est le père de ton enfant, n'est-ce pas ? empêcher le mariage ou me faire financer. Comme tu rirais de bon cœur, hein, si je déficelais pour toi un gros sac d'écus. Mais on ne me prend pas avec des grimaces, moi, et pour ta récompense, je vais tout simplement te conduire en prison.

— En prison !

— En prison coquine, enjôleuse de jeunes gens de famille, imposteuse...

Antoinette n'avait plus de voix.

Une telle accusation, un accueil si différent de ce qu'elle avait espéré lui enlevait toute force, tout raisonnement.

Mais quand elle sentit la main du maître de forges se poser sur son épaule, cette main osseuse et glacée, habituée à manier le fer...

— Grâce ! fit-elle avec épouvante.

— Pas de grâce pour les filles comme toi.

— Monsieur Beloison... je vous jure que vous vous trompez. Je ne voulais pas ce qui est arrivé, c'est votre fils qui... vous savez bien qu'il est plus fort que moi... alors... Monsieur Beloison, je vous en supplie... ne suis-je pas déjà assez malheureuse... et ma pauvre petite Églantine, que deviendra-t-elle si vous me mettez en prison ?

— En prison !

— Pitié ! Monsieur Beloison, pitié !

Le maître de forges parut réfléchir un instant.

— Allons, dit-il d'un ton radouci, je veux bien te faire grâce, mais comme la loi m'ordonne en qualité de maire, de débarrasser le pays des vauriens et des filles perdues, il faut que tu t'en ailles à Paris.

— A Paris !

— A Paris bien vite ou en prison. — A ton choix.

. . . .

— Eh Bachu ! continua-t-il... Ah ! çà voyons, Bachu, est-ce que tu es devenu sourd ? N'était-ce pas déjà assez d'être idiot, hein ?... Bachu, Bachu !

Antoinette vit s'approcher le cabriolet de M. Beloison.

— Monte là dedans, dit le maître de forges à Antoinette. — Allons pas tant d'histoires !...

Et après s'être placé à côté d'elle, il prit les rênes et gagna la station de Saint-Maurice.

Le train était en gare.

Et M. Beloison n'eut que le temps de prendre
les billets et de faire monter en wagon l'enfant et
la mère à qui il glissa dans la main deux louis en
disant :

— Bon voyage et que je ne te revoie jamais !

III

QUEL PLAISIR D'ALLER A LA NOCE...

M. Beloison s'en revenait content, activant sa bête, — si content de la façon tout à fait triomphante dont il s'était débarrassé d'Antoinette, que son tic s'en trouvant excité outre mesure, la partie inférieure de sa mâchoire semblait avaler le reste de la figure, — lorsque, à quelque distance de la forge, il aperçut son fils qui se promenait machinalement, un cigare éteint à la bouche, l'air soucieux et passablement ennuyé.

Un grand blond, son fils, fadasse, coquettement vêtu d'un veston trop court, d'un pantalon trop étroit, avec un chapeau trop petit, un lorgnon dans l'œil et l'air insolent.

Enfin... une tête à gifles !

— Eh! Raoul ! fit le père.

Raoul se contenta de s'arrêter.

— Raoul !

Voyant que M. son fils ne jugeait pas à propos de changer de place, le maître de forges jeta les rênes à Bachu, sauta à terre et s'avança en se frottant les mains.

— Eh bien, tu sais ? fit-il.

— Hein ? répondit Raoul.

— Elle est emballée !

— Qui ça ?

— Antoinette.

— Ant... connais pas... Ah ! si, au fait !

— Tu me dois une fière chandelle !... Figure-toi que ce matin, tout en faisant mon tour et préoccupé du contrat que nous signons cette après-midi. — Fichu contrat, ah ! Ces La Ferté sont des finauds, enfin ! — Qu'est-ce que je disais ? Ah oui; tout en faisant mon tour voilà-t-il pas que j'aperçois au beau milieu du chemin... Antoinette... Antoinette avec sa miochette dans les bras.

— Eh bien ?

— Tu ne devines pas ?

— Non.

— Tu ne comprends pas ce qu'elle venait faire ici ?

— Pas le moins du monde.

— Imbécile !

— Merci, p'pa.

— Elle venait te flanquer ton enfant dans les jambes, animal ! Faire du bruit ! Demander une indemnité ! Que sais-je moi ? empêcher ton mariage bien sûr !

— Par exemple !

— Si les La Ferté apprenaient que tu fais des enfants à toutes les filles... Dame ! Je ne sais trop si, enfin...

— Oh ! à toutes, p'pa c'est exagéré.

— Tu avais bien besoin de faire celui-là ?

— On s'embête tant, ici !

— On s'embête... on s'embête... Je m'embête comme toi, moi, et je ne fais d'enfants à personne.

— Pourtant, p'pa, ma présence en ce bas monde semblerait démontrer que...

— Toi, toi, c'est différent, ta mère m'avait apporté une dot, une forte dot... Elle avait droit à... enfin ça suffit... Je n'ai pas de comptes à te rendre à cet égard, tandis qu'Antoinette...

— Comment vraiment... voyez-vous ça avec sa mine de sainte nitouche !... Elle voulait !...

— Rassure-toi. Moi pas bête, j'ai pris l'avance. Au lieu d'écouter ce qu'elle pouvait avoir à me dire, je me suis mis à crier comme un beau diable, l'accusant d'imposture, disant que l'enfant n'était pas de toi...

— Au fait rien ne prouve que...

— Certainement.

— Bien tapé, p'pa !

— Finalement, au lieu de desserrer les cordons de ma bourse comme elle espérait m'y contraindre peut-être, je l'ai menacée, j'ai fait mine de la conduire en prison et...

— Ah ! ah !

— Tu aurais trop ri si tu l'avais vue trembler et gémir... Monsieur Beloison, me disait-elle de sa petite voix câline, monsieur Beloison, je vous en prie ne me faites pas de mal, grâce, pitié !...

— Je me tords, p'pa, je me tords.

— Alors je me suis attendri et...

— Tu t'es attendri... toi... pas possible !

— C'est-à-dire que j'ai pardonné... à la condition qu'elle partirait de suite pour Paris avec l'enfant.

— Pour Paris !

— Je les ai fait monter dans ma voiture, je les ai conduites à la gare, et après avoir glissé quarante francs dans la main de la mère, car tu sais, moi, au fond, je suis juste, je l'ai fourrée en wagon.

— Avec la petite.

— Parbleu !... Et en route mauvaise troupe, au plaisir de ne jamais vous revoir !

— Ah ! ah ! ah ! Oh ! non, c'est trop drôle... Ah ! ah ! ah !

— Ah ! ah !

— Ah ! ah ! ah !... Après ça, moi, tu sais, ajouta Raoul subitement calmé par une réflexion qui lui venait, le mariage aurait manqué que je m'en serais consolé facilement.

— Encore !

— Écoute donc p'pa... mademoiselle de la Ferté, tu sais ce que j'en pense, avec cinq femmes de son espèce on ferait facilement un cercueil !

— Préfères-tu Antoinette ?

— Cette bêtise !

— Eh bien, épouse mademoiselle de la Ferté.

— Sa dot, je ne dis pas... mais elle... c'est dur.

— J'ai bien épousé ta mère.

— Oh ! toi, toi, p'pa !... mais moi...

— Vas-tu encore m'échauffer les oreilles avec tes jérémiades ?

— Non, mais...

— J'en ai assez... Écoute et je te le dis pour la dernière fois : mademoiselle de la Ferté ou rien du tout. Mais, malheureux, réfléchis donc, fouille dans ta poche, qu'est-ce qu'il y reste de l'héritage de ta mère?...

— Rien du tout... mais...

— Crois-tu que je vais me dépêcher de trépasser pour ton agrément?

— Je n'oserais te le demander.

— Tape-toi sur l'estomac, qu'est-ce qu'il y reste aussi, à peine assez de force pour boire de la tisane ; tu as tout épuisé, ta santé comme ta fortune. — As-tu seulement conservé quinze cheveux sur ta tête ?

— Des cheveux, ça s'achète.

— Avec de l'argent, donc épouse mademoiselle de la Ferté. Ce mariage me convient sous tous les rapports, il t'assure une position et arrondit mon domaine et, sans plus tergiverser, je le veux ; si tu refuses, va au diable et ne compte que sur ma malédiction.

— Oh ! p'pa !

— Assez causé ; allons déjeuner et faire un bout de toilette.

Le père et le fils arrivaient alors à leur habitation.

Le couvert était mis dans une salle nue, d'aspect sordide, où douze chaises boiteuses s'accotaient au mur pour ne point tomber ; la tenture pendait en lambeaux, le parquet s'enfonçait sous le pied et un baromètre accroché dans un coin marquait éternellement : tempête.

Le déjeuner ne fut pas gai.

Les convives n'interrompaient le mouvement de leurs fourchettes que pour s'entretenir du contrat, des apports et des espérances que faisait concevoir la mauvaise santé de l'oncle le Commandeur et de la tante des Poirieux.

Au dessert, M. Beloison leva son verre et contemplant l'aigre liquide qui y était contenu, il dit en scandant solennellement ses paroles :

— Écoute bien, Raoul : quand tu seras marié,

lance-toi dans la politique, tu n'es bon à rien, c'est le seul métier qui te convienne.

— Je ne dis pas non, répondit Raoul, mais comment ? Ce ne sont ni vos ouvriers, ni les fermiers de ma femme qui voteront pour moi.

— Rends-toi populaire, flatte les masses en t'attachant à quelque machine de bienfaisance, l'éducation des petits Patagons, la propagation de l'anthropophagie, l'abolition de la peine de mort, n'importe quoi, à ton choix, pourvu que ça fasse du bruit et que ça ne coûte rien ; c'est tout à fait l'affaire d'un homme qui, comme toi, — je te suppose marié avec mademoiselle de la Ferté, — représente l'union de la noblesse et de la bourgeoisie. L'empereur aime ça, il te remarquera et te fera nommer, bon gré, mal gré, député. Tu peux alors devenir ambassadeur, ministre... que sais-je ? Tu seras au moins décoré.

— Eh ! eh !... un petit bout de ruban ne m'irait pas trop mal, c'est vrai...

— Et la rosette donc !... Je te le dis, les vieux s'en vont, l'avenir est aux jeunes, à ceux qui, comme toi, n'ont de conviction sur rien, de connaissances en quoi que ce soit et peuvent par conséquent se plier à tout, promettre tout, sauf d'ail-

3

leurs à ne rien tenir. Heureux les pauvres de conscience, a dit je ne sais plus qui, le royaume de la terre est à eux !

— Eh bien, p'pa, ça y est. Je me marie et je deviens un homme politique et moral.

— Bravo ! Et en attendant va t'habiller un peu mieux que ça.

Une heure après, le cabriolet de la forge emportait MM. Beloison père et fils vers le château de la Ferté.

Quand ils arrivèrent, les La Ferté, avec le notaire Mᵉ Gribouilly, étaient déjà réunis dans le salon : une pièce immense dont on avait laissé les rideaux baissés, sans doute pour qu'une trop vive lumière ne vînt pas révéler les piqûres de vers et les accrocs que présentait l'ameublement.

Aux murs pendaient, un peu crevés, les portraits de la famille.

Mademoiselle de la Ferté était assise entre son oncle le Commandeur et sa tante des Poirieux, près d'une table au bout de laquelle se tenait Mᵉ Gribouilly, recueilli et attendant avec une attitude empreinte du plus profond respect.

Il y avait là aussi quelques amis.

Tous silencieux et si raides qu'un visiteur

quelque peu hurluberlu aurait facilement, dans
l'ombre, confondu les La Ferté avec les portraits
de leurs aïeux et pris Me Gribouilly pour un
magot de la Chine.

L'oncle et la tante avaient d'ailleurs d'excel-
lentes raisons à invoquer en faveur de leur mu-
tisme.

M. le Commandeur dormait profondément,
c'est ce qu'il savait faire le mieux.

Madame des Poirieux, affligée d'une surdité
abominable, essayait de dissimuler cette infirmité
sous une réserve austère et digne.

Quant à mademoiselle de la Ferté, elle n'était
pas du tout satisfaite. — Ah ! mais non ! Pas du
tout, du tout...

Raoul se faisait attendre !... Et pour un pré-
tendu... un jour de contrat... quel avenir cela
présageait-il ?

Enfin, un laquais, vêtu pour la circonstance
d'un habit beaucoup trop grand pour lui, annonça :

— MM. Joseph et Raoul Beloison... maîtres de
forges !

— Après quelques paroles d'excuses que balbutia M. Beloison père, et que mademoiselle de

la Ferté n'accueillit qu'avec des mouvements
de sourcils et un pincement de lèvres tout à
fait significatifs, le Commandeur, réveillé par le
bruit, ouvrit les yeux et secoua la tête ; madame
des Poirieux, pour mieux entendre sans doute,
mit sur son nez de gigantesques lunettes, et la
lecture du contrat commença :

— Par devant Mes Pharamond, Polycarpe Gribouilly et son collègue, notaires à...

— Sang-Dieu ! s'écria le Commandeur, où est-il
votre collègue ?

— Mais, Commandeur... nasilla Me Gribouilly.

— Va-t-il aussi se faire attendre, celui-là?

— Depuis l'an 1270, du règne de...

— Comment, depuis...

— Depuis l'an 1270, oui, nous inscrivons en
tête de nos actes cette formule par devant M^e... un
tel, notaire, et son collègue, sans que jamais ledit
collègue se soit présenté.

— Coquin de collègue ! En retard depuis l'an
1270 ! Sang-Dieu ! Il aura manqué la voiture,
sang-dieu ! Sang-Dieu ! Ne l'attendons pas davantage et poursuivons.

Sur ce, M. le Commandeur ferma les yeux, renversa la tête en arrière et... se remit à dormir,

madame des Poirieux sourit, — avec dignité, —
et Me Gribouilly reprit sa lecture.

Le contrat était long.

La chaleur accablante.

Pas un souffle n'arrivait du dehors dans ce
salon où régnait une atmosphère de plomb, où le
bredouillement de Me Gribouilly seul se faisait
entendre éternel, — et continu, — comme le rou-
coulement d'une crécelle.

A la dixième page madame des Poirieux sourit
plusieurs fois, toujours avec dignité, — et se mettant tout à coup à contempler le plafond, comme
si elle y apercevait quelque chose, elle imita le
Commandeur.

Soyons vrais... M. Joseph Beloison roupillait
déjà depuis quelques instants.

Raoul et mademoiselle de la Ferté résistèrent
davantage.

Mais invinciblement et quelques efforts qu'ils
fissent, Raoul étouffa un bâillement. Perpétue,
— mademoiselle de la Ferté s'appelait, de son
petit nom, Perpétue, — écarquilla les yeux en
grimaçant ; Raoul toussa, Perpétue se pinça les
genoux sous la table ; Raoul bâilla comme s'il
voulait dévorer sa fiancée, celle-ci lui rendit la

pareille, et tous deux après avoir toussé, craché, après s'être lancé des regards effarés... s'endormirent... comme le Commandeur, comme le maître de forges et la majestueuse madame des Poirieux.

Les autres invités, par politesse sans doute, en firent autant.

Mᵉ Gribouilly en était de sa lecture aux retraits des apports en cas de décès de l'un ou de l'autre des conjoints.

« — En cas de décès du futur, disait-il, la future » aura le droit de reprendre ses effets, bijoux, » instruments de musique. » Oh! oh! les instruments de musique, ajouta-t-il en manière de commentaire...

Et joignant le geste à la parole, il plaça les mains l'une au-dessus de l'autre, le pouce supérieur touchant ses lèvres comme s'il jouait de la clarinette.

— Oh! la musique, continua-t-il... Tiou... tiou... Tra la la, tiou...

Il voulait rire un peu, cet homme... mais en jetant un regard sur les assistants, il s'aperçut que tous dormaient.

Il poussa un soupir, laissa tomber sur la table son front qui rendit un coup sec et...

L'on n'entendit plus rien du tout.

Rien qu'une mouche capricieuse et bourdonnante qui voltigeait de ci de là.

Le jour était sur son déclin quand, lasse de ses pérégrinations aériennes, la mouche vint enfin se poser sur le nez du Commandeur.

Avait-elle pris ce nez pour une rose ?

On n'a jamais pu le savoir. Toujours est-il que, réveillé brusquement, le Commandeur frappa brusquement du poing sur la table et s'écria :

— Sang-Dieu! monsieur le tabellion, avez-vous bientôt fini?

Chacun bondit sur son siège.

Me Gribouilly chercha d'abord dessus, puis dessous la table, où il avait roulé, son contrat qu'il reprit à la dernière page et chacun signa.

Impossible de raconter comme elles le mériteraient les fêtes qui suivirent le mariage.

Dès le matin les cloches sonnèrent à toute volée.

Au tantôt, les paysans, les paysannes du pays et des alentours, les ouvriers de la forge arrivèrent parés de leurs plus beaux habits.

On dansa en plein air.

On dansa tant que l'on but beaucoup.

On but tant que l'on finit par se battre, les hommes avec les femmes et tous avec le garde champêtre.

Et après un massacre général chacun s'en fut chez lui.

Les uns malades.

Les autres mal contents.

La vieille Thérèse, qui avait voulu assister comme les autres à la fête, rencontra en rentrant aux Blaviers le père Ladurot qui, un peu gris, rêvait, assis au bord du chemin.

— A quoi que vous pensez comme ça? lui demanda-t-elle.

— Eh! à cette pauvre Toinon!... Je ne l'ai point vue à la fête.

— Ah! la pauvre Toinon! exclama Thérèse.

— Qu'est-elle devenue?

IV

UN VILAIN SOIR

Le train fumeux dévorait l'espace laissant derrière lui les prés, les bois à peine entrevus, déjà passés, toujours renaissants, les villages et les montagnes.

Aux stations, des gens descendaient, d'autres montaient, se cahotaient, ébranlés par les brusques a-coups de la machine...

En route on liait connaissance, on jacassait de choses et d'autres...

Sans que, blottie dans un coin, son enfant serré dans ses bras, Toinon prît garde à rien. Cette menace ! En prison ! pesait sur elle comme un plomb,

3.

étouffant toute pensée. Elle ne se demandait
même pas quel était son crime ; habituée à souffrir, ne connaissant de la vie que la douleur, elle
se laissait rouler au fond du précipice sans chercher même à se raccrocher aux broussailles, fermant les yeux, broyée, anéantie par la fatalité qui
lui apparaissait, sous la forme de M. Joseph Beloison.

La fatalité en houppelande.

De longues heures se passèrent ainsi.

L'enfant se mit à pleurer.

— Qu'as-tu ? demanda Toinon éveillée comme
d'un rêve.

— J'ai faim !

— Faim !

Toinon n'avait rien, elle répondit simplement.

— Dors !

L'enfant enfouit sa petite tête dans les vêtements de sa mère et essaya de s'endormir, mais
quelques instants après, elle répéta :

— J'ai faim, moi !

— Donnez-y donc quelque chose, s'écria une
bonne grosse mère, à la face réjouie qui, un grand
panier sur ses genoux et les bras appuyés sur son

panier, considérait la scène depuis quelques instants, un bout de n'importe quoi?

— Faudrait avoir!

— Ah! bonnes gens!... Est-ce qu'avec un enfant on s'embarque jamais sans provisions? Il y en
a qui disent : Il faut régler les enfants ; moi je dis
que non. Un enfant a toujours quelque boyau
vide, laissez-les donc manger à bouche que
veux-tu, ces pauvres mignons. J'en ai élevé dix-
sept, des enfants, tant à moi qu'aux autres bien
entendu et je m'y connais. Aussi les enfants aussitôt qu'ils m'aperçoivent se disent : Voilà maman
Grelot qui a quelque chose pour nous dans son
panier! pas vrai, ma Bichette, que tu as dit,
comme ça, que j'avais quelque chose pour toi dans
mon panier... Eh! eh... Faites une risette tout de
suite à maman Grelot... Elle est tout plein char-
mante, cette petite.

Églantine qui, en entendant la grosse voix de
madame Grelot, avait commencé par détourner la
tête, s'adoucit sensiblement dès qu'elle vit s'approcher de ses lèvres une miche de pain tartinée
de fromage.

— Dis merci, murmura Toinette, merci bien,
madame.

Églantine avait bien autre chose à faire !

— Laissez-la donc, continua la mère Grelot, elle m'embrassera après. Je connais ça, moi, les enfants, j'en ai élevé dix-sept, tant à moi qu'aux autres bien entendu... quel âge a-t-elle ?... C'est-y à vous ?... C'te bêtise... vous êtes trop jeune pour avoir une enfant comme ça. Combien de dents ? Et où que vous allez ?... Vous savez, moi j'en ai élevé dix-sept, tant à moi qu'aux autres bien entendu...

Heureusement, dans l'ardeur qu'elle mettait à faire ses questions, maman Grelot oubliait d'attendre les réponses ; Antoinette en fut quitte pour quelques signes de tête insignifiants.

On approchait d'une station.

Madame Grelot descendit en répétant qu'elle avait élevé dix-sept enfants tant à elle qu'aux autres bien entendu et fut remplacée par un jeune gars, entreprenant et faraud, qui tout en allumant sa pipe essaya de lier une conversation à coups de coudes avec Antoinette, mais celle-ci sans lui répondre le regarda d'un air tellement effaré que croyant avoir affaire à une folle il tourna le dos et se contenta d'asphyxier la compagnie.

On n'est pas plus aimable.

Le voyage n'offrit pas d'autre incident.

Peu à peu la nuit tomba, les arbres, les maisons se confondirent dans une ombre épaisse où perçaient de rares lumières.

Églantine avait fini par s'endormir.

Puis les lumières se montrèrent plus nombreuses et pressées, de grandes masses émergèrent des ténèbres, un murmure indéfinissable annonça la grande ville et une voix cria :

— Paris !

Le train s'était arrêté.

Chacun descendant de son compartiment, Antoinette fit comme les autres, son enfant toujours endormie dans ses bras.

— Vos billets ? demanda l'employé.

Antoinette ouvrit la main, montrant à la fois les deux pièces d'or et ses deux billets.

— Mettez donc votre argent dans votre poche ! continua l'employé.

Toinon obéit.

Puis elle entra dans une salle éclairée par une mauvaise lampe et où un grand nombre de personnes, alignées sur deux rangs, attendaient, le cou tendu, les yeux écarquillés : qui un ami, qui un parent, un mari, un père, un fils...

Et chaque fois qu'on se reconnaissait, c'étaient des exclamations de joie et des embrassades...

— Te voilà !

— Quel bonheur !

— Avez-vous fait un bon voyage ?

— Et cette santé ?

— Tout le monde va bien ?

... Au milieu desquelles on entendait la question traditionnelle du gabelou soupesant les bagages de chacun.

— N'avez-vous rien à déclarer ?

Antoinette traversa cette salle, muette, au milieu de la joie générale, seule, parmi la foule.

Elle descendit une rampe où les voitures se croisaient en tous sens.

Puis elle se trouva hors de la gare, ayant en face d'elle une longue voie bordée de candélabres et de hautes maisons.

C'était la rue de Lyon.

Toinon s'y engagea machinalement.

Peu à peu les gens s'éparpillèrent, les voitures disparurent et le silence se fit.

Quelques gouttes d'eau larges et lourdes commençaient à tomber.

Seule, dans la nuit, dans la ville immense où toutes les portes étaient closes, tous les foyers teints, Toinette avançait sans savoir où aller ni que devenir, usant ses dernières forces.

Elle traversa la place de la Bastille et s'engagea, toujours au hasard, dans la rue Saint-Antoine.

Au coin de la rue Saint-Paul, quatre voyous causaient à voix basse, l'oreille et l'œil au guet.

L'un d'eux, plus grand que les autres, semblait commander à la bande et donner des instructions.

— Pendant que Polyte lui demandera l'heure qu'il est, disait-il, toi Ventre-d'Osier et toi Jambe-de-Coq vous empoignerez le pante ; quatre à cinq coups de poing sur son chapeau et...

Malgré l'attention que Polyte portait à ce discours, il saisit, par la taille, Toinette au moment où elle approchait et lui dit :

— Bonsoir, la petite mère !

Mais la fillette se dégagea vivement.

— Eh bien, continua Polyte, c'est comme ça qu'on paie ses dettes... des manières !

— Je ne vous dois rien, répondit Toinon.

— Si fait... un bécot... accompagné de plusieurs autres.

— Ici, Polyte ! cria le plus grand... Tu ne seras donc jamais sérieux ?

Polyte se rapprocha du groupe tandis qu'Antoinette effrayée s'enfuyait par cette rue Saint-Paul, plus sombre et plus déserte encore que toutes celles qu'elle avait suivies jusqu'alors.

Bientôt elle aperçut un poste, devant lequel une sentinelle se promenait d'un pas mesuré.

Antoinette avait conservé des menaces de M. Beloison une terreur secrète pour tout ce qui ressemblait plus ou moins aux gendarmes, elle tourna à gauche et se trouva sur le quai des Célestins.

D'un côté les maisons étaient muettes.

De l'autre la Seine coulait profonde et noire.

Les gouttes d'eau tombaient de plus en plus drues.

Antoinette n'avait rien mangé depuis la veille, épuisée par la faim, brisée d'émotions et de fatigue, elle allait, titubant, comme ivre, s'appuyant par intervalles au parapet du quai, trébuchant à chaque pas des trottoirs, prête à se laisser choir.

Quand le nuage qui pesait au-dessus d'elle creva tout à fait.

Antoinette aperçut alors le pont de l'Estacade, ce fantastique amoncellement de pièces de bois noires et croisées qui défend l'entrée du petit bras de la Seine, et devinant qu'elle trouverait là un abri au moins momentané, elle descendit en courant la rampe qui se trouvait devant elle et vint tomber, plutôt qu'elle ne s'assit, sous le pont, au milieu d'un tas de pierres.

A ses pieds, le fleuve coulait béant.

Bientôt accoururent, déboulant l'un après l'autre, les quatre voyous de la rue Saint-Paul, et ils se blottirent aussi sous le pont, sans remarquer la présence d'Antoinette.

— Chien de temps! fit l'un d'eux.

— Mince de bouillon!... quelle soupe!... répondit un autre.

— Rien à refrire.

— On serait mieux dans le pieu.

— Hein... qu'est-ce que c'est... qui est-ce qui cause? s'écria le grand d'une voix stridente... Avons-nous dit que nous saignerions notre pante cette nuit?

— On l'a dit.

— Oui.

— Mais...

— Zut alors.

— Eh bien, capon qui se dédit, poursuivit le Chef. Moi, il me faut mon pante, il n'y a pas! D'ailleurs, la pluie cesse, les sergots sont à l'abri, la rousse pionce, ça va-t-être un miel!

— Oh! la pluie cesse...

— Pour si peu.

— Je te dis qu'elle cesse... D'abord, quand je dis qu'elle cesse, c'est qu'elle cesse et pas d'observations. Voyons, Polyte, met le nez dehors.

— Eh bien?

— Quoi que tu vois?

— Rien.

— Tu n'aperçois pas un tuyau de poêle qui s'avance par le quai Henri IV.

— Tiens! C'est vrai tout de même.

— Eh bien, allume!

— C'est bon.

— Polyte, pour ton début, tâche de montrer que tu es un homme, et vous, Jambe-de-Coq, Ventre-d'Osier...

— On sait ce que l'on a à faire.

— Allume! allume!

Les quatre voyous disparurent.

Antoinette respira plus librement.

En entendant ces paroles étranges, sinistres, qui soufflaient à ses oreilles comme des rugissements de bêtes fauves, Antoinette avait tremblé, a pensée lui était revenue.

Ces hommes ne sont pas loin, pensait-elle.

. . . .

Ils peuvent revenir.

. . . .

Et quand même, quand ils la laisseraient passer comme la première fois, où irait-elle ?

Qu'allait-elle devenir ?

Qu'allait devenir l'enfant qu'elle portait dans ses bras ?

Après ?

Quand mendiant son pain, travaillant sans relâche, échappant aux cruelles exigences du lendemain, elle pouvait faire vivre son enfant et l'élever, quel sort attendait l'objet de tant d'efforts ?

Et l'ombre de la nuit se faisait plus épaisse.

Et la Seine continuait de couler, léchant les quais de ses éternels clapotements.

Peu à peu Antoinette sentit son cerveau s'alourdir, et soit fièvre ou somnolence, elle oublia tout pour ne plus écouter que cette voix d'en bas qui lui disait :

La vie n'est qu'un martyre.

L'amour, le bonheur... dérision !

Mensonges de Dieu !

Épargne tout cela à ta fille.

Laisse-toi glisser... viens...

Encore... encore... un peu plus.

Mes flots te balanceront doucement, tu trouveras dans leur sein le repos et l'oubli...

Entraînée comme par une sorte de vertige, Toinon s'approchait de plus en plus du gouffre, haletante, les cheveux dressés sur la tête, mais hésitante encore.

Alors l'enfant se réveilla et cria :

— J'ai faim !

— Viens donc, répondit Toinette, puisque je ne puis plus te donner que la mort.

Et elle se laissa définitivement tomber en fermant les yeux.

Mais on ne meurt pas sans lutte ; quand son pied toucha l'eau glacée, lorsqu'elle sentit sur sa chair palpitante le premier contact de la mort, Antoinette éprouva comme un immense et désespérant regret de ce qu'elle venait de faire et, enfonçant les ongles dans les interstices de la pierre, elle voulut, suprême effort, se rattacher à la vie.

Mais la force lui manquant, elle tomba en jetant un cri.

Et le fleuve, un instant troublé, reprit son éternel refrain.

Pendant qu'haletante, affolée, Antoinette demandait un refuge à la mort, l'homme au chapeau en tuyau de poêle traversait le pont de l'Estacade et trouvait devant lui Polyte, humblement courbé, la casquette à la main.

Comprenant sans doute à qui il avait affaire, il s'arrêta, hésitant, et allait rebrousser chemin quand Jambe-de-Coq et Ventre-d'Osier le saisirent au collet.

Une lutte s'en suivit.

Un coup de feu retentit.

Et les quatre vauriens disparurent; le Chef, Jambe-de-Coq et Ventre-d'Osier par les quais environnants, et Polyte en se laissant glisser le long des bois de l'estacade, et de cette charpente dans un bateau qui se trouvait amarré là.

— Tiens... Un machab ! fit Polyte.

Et rien qu'en étendant le bras il ramena vers lui, Antoinette, que le flot emportait.

V

PART A QUATRE

Antoinette reprit ses sens.

Elle entendit d'abord le bruit cadencé de deux rames plongeant, s'élevant et replongeant alternativement dans l'eau, mais elle écoutait, sans comprendre encore, sans se rendre un compte exact de ce qui lui était arrivé.

Parfois le bruit s'interrompait.

Entravé dans sa marche, le bateau frôlait une muraille avec un grincement sourd ou oscillait sur sa quille et le batelier jurait tout bas.

Puis les avirons reprenaient leur cadence monotone, battant et rebattant de nouveau les flots.

Tout à coup Toinon sentit sur son front le souffle à peine sensible de son enfant, une im-

mense joie l'envahit tout entière, avec le sentiment, le souvenir de sa fille lui revenait, Églantine aussi était vivante!

En ce moment le bateau tourna péniblement
sur lui-même; mené avec une extrême mala-
dresse, il n'obéissait qu'à peine à l'impulsion du
batelier, enfin il s'engagea dans une voûte étroite
et froide, suintant comme un égout et au fond
de laquelle il s'arrêta.

Le batelier sauta à terre.

Toinon l'entendit nouer la chaîne du bateau à
un anneau de fer.

Elle ouvrit les yeux... tout était ténèbres autour d'elle.

Elle voulut se relever, et comme deux mains
humides essayaient de lui arracher son enfant,
elle jeta un cri...

— Tais-toi, fit une voix qu'il lui semblait déjà
avoir entendue, ou je t'achève!

Toinon retomba inerte.

Quelques instants après les deux mains qui l'a-
vaient si fort épouvantée la saisirent sous les ais-
selles et l'entraînèrent brutalement par les marches d'un escalier.

On traversa encore un long couloir.

Puis deux portes.

Et enfin l'homme laissa retomber son fardeau à terre en faisant :

— Ouf !

Il soufflait, geignait dans l'ombre, n'en pouvant plus.

Après un instant de silence :

— Cré nom ! fit-il, pas d'allumettes.

Tandis qu'il fouillait dans ses poches, allant, venant, remuant tout autour de lui, Antoinette achevait de se ranimer, la vague appréhension des dangers qu'elle courait lui rendait avec la raison la force et le courage.

Enfin une lueur se fit et dans ce disque éblouissant, Toinon reconnu Polyte penché sur elle et la contemplant avidement.

C'était un gars d'une taille moyenne, efflanqué, la poitrine en dedans, le cou en dehors. Il portait, inclinée presque sur l'œil droit, une casquette toute luisante de crasse, sa moustache noire recouvrait, mal lissée, une lèvre baveuse, insolente ; sa cravate était nouée en corde sur une chemise de couleur, usée et sale ; un gilet à manches, noir,

4

débraillé, avec un pantalon de velours, complétaient son ajustement, et des deux souliers, rongés par l'usage, dont il était chaussé, l'un était sans cordon, l'autre dénoué.

Sa joue portait une légère éraflure d'où coulaient des gouttelettes de sang.

L'endroit n'avait d'ailleurs rien d'effrayant.

Sur des planches, dans des casiers fixés le long des murs, étaient entassés des choux, des salades, des carottes qui dégringolaient jusque par terre, un fromage de Brie s'étalait là, déjà entamé, enfermé, pour qu'il ne coulât pas, entre de petites planchettes. Ailleurs, des fruits dans des paniers, sur un comptoir des balances, dans un coin, un assortiment de balais grands et petits.

Des œufs dans une manne.

Sur un marbre des mottes de beurre.

Tout cela dégageant une odeur de verdure pourrie qui faisait mal au cœur.

Au fond de la pièce on apercevait les premières marches d'un escalier qui devait conduire dans une pièce au-dessus et sous cet escalier la porte encore entr'ouverte par laquelle Polyte était entré.

Enfin une devanture en verre, fermée par des volets, défendait la boutique du côté de la rue.

Les yeux démesurément ouverts, Antoinette regardait, mais sans bouger, sans prononcer un mot, frémissant sous le regard ardent du vaurien.

Celui-ci finit par dire :

— Eh ben, comment que tu me trouves ?

Toinon resta muette.

— V'là une heure que tu me regardes, continua-t-il. Parle donc, que je t'entende !

— Où suis-je ? murmura la fillette.

— Où que t'es?... chez moi donc... ou chez m'man, comme tu voudras.

— Qui êtes-vous ?

— Polyte !... Le fils à m'man Tampon, donc ! La fruitière de la rue Saint-Louis en l'Ile... Tu ne connais pas m'ame Tampon toi, tu n'es donc pas du quartier... Au fait... non, je ne t'avais jamais tant vue... Oh! Mais qu'est-ce que tu as donc fait de tes chaussures... nu-pieds... elle est nu-pieds... C'est égal, t'es gentille tout de même, et si tu veux, nous allons rigoler un brin?

En essayant de se soulever sur cette dalle où Polyte l'avait jetée, Toinette poussa un cri de douleur.

— Pas tendre, la paillasse... ricana Polyte. Mais ce lit-là vaut bien la Seine tout de même. C'est pas pour te le reprocher, non, vrai, tu as eu une rude chance que je me sois trouvé là juste à temps pour te repêcher. Quelle soif, mes amis! Petite gloutonne, t'as donc voulu boire à la grande tasse! Malheur! Moi, j'aime mieux le zinc du mastroquet.

— Je voulais mourir.

— Drôle d'idée!

— Ah! si j'étais morte, tout serait fini.

— Pardon... excuse de vous avoir dérangée, madame, faut-il que je vous reconduise?

Antoinette eut comme un frisson.

— Tu as froid?

— Non.

— Si... tu grelottes... et après un bain comme celui-là... Dommage... Il y a bien du bois ici, mais pas de cheminée. Et puis, m'man grognerait qu'on lui brûle son bois. C'est pour vendre. Veux-tu une goutte de fil en quatre, ça te vaudra mieux?

— Non.

— T'as tort, il y en a du bon ici... toujours pour vendre...

Et prenant une bouteille sur le comptoir, Polyte se mit à boire à longs traits.

— Moi, je me l'ingurgite gratis, continua-t-il en interrompant momentanément son agréable occupation, rien de bon comme cela sur l'estomac.

> Encor un p'tit coup,
> Glouglou,
> Un p'tit coup ma vieille,
> Encor un p'tit coup...

— Eh! eh... minute... buvons pas tout... La mère grognerait... Parole !... Elle grogne toujours la mère... Bonne femme, m'ame Tampon, je ne dis pas, mais d'un chien ! d'un chien !... Dis, as-tu soif, pendant qu'il en reste encore... C'est bien vu, bien entendu... Une fois, deux fois, trois fois, personne n'en veut plus... adjugé... Cristi ! j'ai tout bu, tout de même... Ah ! bien, je dirai que c'est les rats.

Polyte alla reposer la bouteille où il l'avait prise et revint, titubant déjà, auprès d'Antoinette il riait en montrant de vilaines dents toutes noires.

— Voyons, continua-t-il... tu n'es pas trop bien ainsi... C'est vrai, je vas te fabriquer un oreiller...

4.

attends un peu... mets ces salades-là sous ta tête... As pas peur... C'est pour être vendu... nous les arrangeons bien les salades !

Ah ! si maman voyait ça !
Tralala...

— Tu es bien, hein ? Maintenant, causons. Pourquoi voulais-tu mourir ?

— Parce que je suis malheureuse !

— T'es bête !

— Et que je suis lasse de vivre.

— T'es bête ! que je te dis... Lâche donc cette petite.

— Ma fille !

— Ta fille... Tu as commencé de bonne heure... J'aime ça, moi... Ça promet... mais lâche-la tout de même.

— M'amie Toinon ! fit Églantine en se raccrochant désespérément au cou de sa mère.

— Ah ! si elle pleure... Pas de ça !... Faut pas de ça.

— Pendant qu'Antoinette couvrait Églantine de baisers, Polyte continuait :

— Écoute, tu es gentille... Eh bien, tant qu'une femme est gentille, elle n'est malheureuse que si

elle veut bien. Non, vrai, je ne te le dirais pas si
je ne le pensais pas : tu es gentille ; quand je t'ai
aperçue rue Saint-Antoine tout à l'heure, mon
cœur a fait tout de suite : Toc ! Et v'lan, ça y était.
Tu me plais, je veux ton bonheur, mais d'abord...
oh ! d'abord... Lâche la miochette.

Ivre d'eau-de-vie et de passion brutale, Polyte
était affreux à voir.

S'arrachant violemment de ses bras, la fillette
s'enfuit à l'autre bout de la boutique en criant :

— Laissez-moi.

— De quoi !

— Monsieur, je vous en supplie.

— Oh ! monsieur ! Des manières...

— Au nom du Ciel !

— Connais pas.

— De votre mère !

— Elle pionce.

— Grâce !

— Jamais de la vie... Je t'ai repêchée, n'est-ce
pas ? Eh bien ça se paye, me faut mon prêt.

— Voulez-vous ceci ? s'écria Toinon en fouillant dans sa poche et montrant ses deux pièces
d'or.

— De l'or... de l'or... Tu as de l'or, toi... Tiens,

tiens, tiens, tout de même, je ne dis pas non...
Mais je veux encore autre chose avec...

— N'approchez pas ! continua Toinon.

— M'amie Toinon ! M'amie Toinon, se mit à
crier la petite...

— Mais tais-toi donc, mâtine ! exclama Polyte
en levant le poing...

— Misérable ! fit Toinon en se redressant terrible...

— Eh bien, quoi...

— Monstre !...

— Qu'est-ce que tu ferais ?

— Je ne sais, mais...

— Qu'est-ce que tu ferais ? je te le demande...
Mais d'une calotte, je vous aplatirais toutes les
deux !

— Au secours ! cria Antoinette épouvantée.

Églantine de son côté jetait des cris affreux.

Polyte avançait la main levée, quand des coups
violemment frappés à la porte de la boutique le
clouèrent à sa place.

— Qu'est-ce que c'est que ça ? se demanda-t-il.

— Ouvre ! cria-t-on.

— Les sergots !...

— Ouvre donc... c'est moi... avec Jambe-de-Coq
et Ventre-d'Osier !

— M'ont-ils fait une peur ! murmura le vaurien.

— Ouvre !

— Ah ! non, alors...

— Part à deux !

— Part à trois !

— Ça ne serait pas à faire.

Les coups redoublaient à la porte de la boutique.

On entendait les voyous dire au dehors :

— Je te dis que non.

— Je te dis que si.

— Il est avec sa *dabesse.*

— Plus souvent !... avec ça que je ne l'ai pas
vu ramener la femme dans le bateau !

— Mais... par où est-il passé ?

— Tu sais bien que la maison a une sortie sur
la rivière... Toutes les maisons du quai de Bé-
thune sont comme ça... Malheur !... Il ignore ça...

— Polyte !

— Polyte !

— Ouvres-tu ? Oui-z-ou non ?

Le bruit cessa et l'on put un instant croire que
les vauriens s'étaient éloignés.

— Ils sont partis, fit Hippolyte.

— Partis... balbutia Toinon cherchant de quel côté elle pourrait fuir aussi.

Tout à coup, la perte de la boutique vola en éclats inondant le sol de fragments de verre, tandis que le Chef, Jambe-de-Coq et Ventre-d'Osier apparaissaient ricanant, se bousculant l'un à l'autre.

— Part à quatre !... hurlaient-ils.

Mais au même moment les marches de l'escalier grincèrent, quelqu'un descendant, et la mère Tampon apparut en jupon, coiffée d'un mouchoir à carreaux, la taille comme un tonneau et les pieds dans des savates. Elle tenait d'une main un flambeau.

— Eh ben, qu'est-ce qui se passe donc ici ? fit-elle ébahie en apercevant tout ce monde dans sa boutique.

— Sauvez-moi ! cria Toinon en tombant à ses genoux.

— Une femme !...

— Sauvez-moi, par grâce, par pitié...

— Eh bien, qu'est-ce que vous lui voulez à cette petite ? Réponds donc, toi, clampin ! conti-

ıa-t-elle en s'adressant à son fils subitement
lmé.

— Je vas te dire, m'man...

— Eh ben, quoi?

— Pour lors, je me trouvais sous le pont de
stacade.

— Que faisais-tu là?

— Je prenais l'air...

— Tu prenais l'air !...

— Oui, je m'étais faufilé dans un bateau parce
ıe... à cause de... Enfin, j'avais des raisons pour
ı... lorsque je vois madame qui pique une tête.

— Avec l'enfant ?

— Dame !

— Ah ! la malheureuse !

— Je me dis : oh ! la pauvre petite ! je la re-
èche, je l'apporte ici et...

— Eh ben et vous ? demanda madame Tampon,
ıx autres vauriens.

— Nous... madame Tampon... nous l'avons
idé.

— C'est pas vrai ! glapit Polyte.

— Je te dis que si !

— Je te dis que non !

— Ah ! malheur !

— Et quand même ! Serait-ce une raison pour casser mes carreaux ? En ont-ils fait du bouzin !... Ah ! mon Dieu, mais ils ont tout berzillé ici. Ah ! les gueux ! Ah ! les canailles !

— Vous fâchez pas, madame Tampon.

— Fichez moi le camp ou je cogne !

— Pas moi... Oh ! pas moi, madame, ne me renvoyez pas avec ces hommes, par pitié... fit Toinette.

— Non ben sûr... dans l'état où vous êtes !... mouillée, trempée, avec votre petite qui grelotte, vous, non, mais quant à eux...

Comme la mère Tampon levait le bras les quatre vauriens disparurent, Polyte par la porte du fond et les trois autres du côté de la rue. Ces derniers jetant des ricanements et des cris à réveiller tout le quartier.

VI

OU MADAME TAMPON N'EST PAS CONTENTE

Assis dans un coin de la boutique, le dos tourné du côté de la porte et la tête presque enfoncée dans son écuelle, Polyte achevait d'avaler sa soupe, tandis que la mère Tampon balayait les fragments de vitres épars sur le sol, parmi des trognons de salades et des feuilles de choux.

Le gars ratatiné sur lui-même semblait vouloir se rendre imperceptible.

A sa jactance de la veille avait succédé un morne abattement et il ne répondait que par quelques grognements sourds, aux invectives de la bonne femme.

— Canaille! grommelait celle-ci entre les dents, fripouille... gueusard... Ce n'est pas assez hein!

5

de ne faire œuvre de tes dix doigts tant que dure
la sainte journée, de te laisser nourrir par une
pauvre vieille comme moi, quand tu pourrais vivre
honnêtement de ton métier de serrurier? Faut
encore que tu me casses mes carreaux... Il y en a
au moins là pour vingt francs, en miettes! misère
de Dieu, suis-je assez malheureuse d'avoir un
chenapan de fils comme toi... Je ne sais ce qui
me retient de te balayer avec tout ça jusqu'au tas
d'ordures... tiens... gredin... tiens... salopiot!

— Prends donc garde, la mère, tu me rabotes
les chevilles des pieds... hasarda-t-il enfin.

— Voilà pour tes chevilles, voilà pour tes pieds,
vaurien!... Propre à rien! Rien qui vaille!

— Tu n'as jamais que des choses comme ça à
me dire !

— Faudrait remercier monsieur!

— Jamais contente, quoi!

— Et de quoi... de quoi serais-je contente... je
te le demande? De ce que tu m'as cassé tous mes
carreaux?

— Faites donc une bonne action! Oh! bien
alors, si on m'y repince!

— Toi!... Une bonne action!... Si cette fille
avait été vieille ou laide, tu lui aurais plutôt flan-

qué un bon coup sur la tête pour l'achever ; histoire de rire... d'abord elle m'a tout raconté.

— Des bêtises !

— Monstre !

— Crie donc pas si fort, tu vas la réveiller.

— C'est vrai, et après tout ce qui lui est arrivé, la pauvre petite a grand besoin de repos.

— Alors tu l'as mise...

— Dans mon lit.

— Où qu'elle se dodeline bien chaudement avec sa miochette ; dodo, l'enfant do...

— Toutes deux dormaient encore quand je suis descendue.

— Ah ! malheur !

— Ricane pas ou je te débarbouille avec mon balai !

La mère Tampon allait passer de la menace à l'exécution lorsque les pratiques commencèrent à entrer dans la boutique.

— Bonjour, mère Tampon ! disait l'une.

— Un sou de mouron pour mon serin, disait l'autre.

— Un quart de beurre et du bon !

— Deux œufs pour mettre à la coque et pas comme ceux d'avant-hier, hein ?

— Ils n'étaient donc pas frais?

— Laissez donc... nous sommes tombés mon homme et moi à la renverse rien qu'en y trempant nos mouillettes.

— Je les avais pourtant mirés! répondit madame Tampon.

Puis arriva Jacquasson, l'homme qui chaque matin apportait de la Halle les provisions à la boutique.

— Vous venez bien tard, vous!

— Peut-être bien, madame Tampon, peut-être bien. Je me suis attardé en route... à causer avec...

— Connu...

— Oh !... incapable... Je ne prends jamais rien entre mes repas... Jamais... vrai de vrai!

— Je parie que vous accepterez un petit verre tout de même.

— De votre main... sans doute... Figurez-vous...

— Tiens !...

— Qu'est ce que vous avez, madame Tampon?

— Il n'y a plus rien dans la bouteille!

Polyte baissa la tête.

— C'est toi, gredin, qui a tout bu?

— Moi ? fit Polyte.

— Qui que ce serait donc ?

— Oh ! v'la-t-il pas ?

— Non, cet enfant-là sera la cause de ma ruine !

— Ne vous désolez pas, madame Tampon, ce sera pour une autre fois... figurez-vous...

— Ah ! seigneur Dieu !... Misère de la vie... Cré-chien !

— Figurez-vous, continua Jacquasson, qui tenait à placer son histoire... M. Calmousquet... vous connaissez bien M. Calmousquet ?

— Non.

— Si... un ancien militaire... retraité, pas beau.

— Mon Dieu, mon Dieu, que je suis malheureuse !... Il me cassera tout, il me mangera tout, il me boira tout.

— M. Calmousquet... un si brave homme !

— Eh ! je me moque bien de votre Calmousquet !... C'est de mon scélérat de fils que je parle.

— Eh bien, M. Calmousquet, c'est lui-même qui m'a raconté ça tout à l'heure... M. Calmousquet a été attaqué cette nuit... à cent pas d'ici, sur le pont de l'Estacade, par onze scélérats armés jusqu'aux yeux.

Polyte faillit tomber de sa chaise.

— Pas possible ! dit madame Tampon... si près d'ici.

— C'est comme je vous le dis.

— En quel temps vivons nous ! mon Dieu !

— Mais vous comprenez bien, n'est-ce pas, madame Tampon, que lorsqu'on a été militaire on ne rentre pas chez soi le soir, tard, sans avoir de quoi régaler les camarades... Ah ! tu veux savoir l'heure qu'il est? qu'a dit M. Calmousquet à celui des onze voleurs qui lui faisait face... Paraît que ce voleur lui demandait l'heure, histoire d'engager la conversation... ah ! ah !... oh ! oh !... Eh bien il est une heure ! Et tirant de sa poche son revolver, feu qu'il fait. — Pan ! qu'il dit, dit-il, ça sonne... deux heures, pan pan... trois heures, pan pan pan !

— Et le voleur?

— Il est tombé sur la balustrade et de la balustrade dans la rivière... mort.

— Ça fait frémir.

— Moi qui vous parle, j'en ai pas un fil de sec !

— Et les autres?

— Les autres voleurs, ils courent encore... ce

pauvre M. Calmousquet, il était encore tout...
chose... Ce matin, en me contant cela, les cheveux
lui dressaient sur la tête ! Il n'a pas pu dormir
de la nuit, et s'est relevé tout de suite pour aller
faire sa déposition chez le commissaire et voir à
la Morgue si son gredin n'y est pas arrivé avant
lui... oh ! il le reconnaîtra bien celui-là... six
pieds de haut qu'il dit, dit-il... en gilet avec une
casquette et des moustaches... qu'il dit, dit-il...
quant aux autres vous comprenez qu'il n'a pas
eu le temps de les tirer au daguerréotype...
ah ! mais le voilà, M. Calmousquet, qui passe
là-bas... M. Calmousquet... Hé ! monsieur Calmousquet !

Mais M. Calmousquet n'entendant pas, Jacquasson acheva de déposer ses marchandises et sortit
en disant :

— Au revoir, madame Tampon !

— Au revoir !

— Bien le bonjour, madame Tampon ; à demain,
madame Tampon !

Quelques pratiques entrées pendant le récit
se mirent à jaser de l'événement.

— N'est-ce pas une horreur, hein ! disait l'une,

qu'on ne puisse pas rentrer chez soi sans risquer de se faire assassiner.

— Ne m'en parlez pas, répondit une autre.

— Et c'est encore M. Calmousquet qui aura tort, vous verrez qu'il sera condamné à quelque chose pour port d'armes prohibées.

— Oui, mais le mort a tout de même son affaire !

— Et c'est bien fait !

Quand la dernière pratique fut partie :

— Qu'est-ce que tu dis de ça, toi?... demanda la mère Tampon.

Polyte ne répondit pas.

Il tremblait si fort que l'écuelle lui échappa des mains et se brisa en mille pièces à ses pieds.

— Allons... encore... c'était pas assez du cognac et des carreaux de la boutique... v'là maintenant que tu casses le ménage, — ah! mais, ah! mais, ah! mais...

S'approchant d'Hippolyte.

— Comme tu es pâle!... ajouta-t-elle... Ah! mon Dieu ! Et qu'as-tu donc là?... une blessure... du sang!...

— Du sang... gémit Polyte... à moi... c'est

vrai... c'est le coup de revolver... un pouce plus près et j'étais mort !... pour de vrai... ah !..

Et glissant de sa chaise il tomba sur le sol, épouvanté du danger qu'il avait couru.

— Qu'est-ce que tu dis ?

— Moi rien... reprit Polyte comprenant trop tard la sottise qu'il venait de faire.

— Si !... tu as parlé d'un coup de revolver... ah ! çà mais... l'homme au gilet... avec une casquette et des moustaches... c'est donc toi ?...

— Silence !...

— Oh ! le gueux, le gueux !

— Tais-toi donc... On peut t'entendre... ne veux-tu pas me faire arrêter, à présent ?

— C'était lui !...

A son tour la mère Tampon se laissa tomber sur une chaise... désolée, anéantie.

Sans éducation aucune, grossière même de paroles et d'allures, madame Tampon était du moins une honnête femme, travailleuse et bonne, et la pensée que son fils volait, venait de lui broyer le cœur.

Elle demeura d'abord sans voix, sans forces. Puis d'abondantes larmes lui vinrent aux yeux et elle se prit à sangloter en murmurant :

— Ah ! mon Dieu ! mon Dieu !

. . . .

— Voilà donc où conduisent la paresse et les mauvaises connaissances, ajouta-t-elle en sanglotant toujours... Ah ! j'aimerais mieux... ah ! oui j'aimerais mieux te voir mort !

— Merci bien...

— Qu'est-ce que tu vas devenir à présent ?... On va te prendre... te conduire au bagne, à l'échafaud peut-être...

— Pas tant que ça tout de suite.

— Je suis déshonorée !...

— Tu es bête !

— Faites-moi la grâce, mon Dieu, de me prendre avant cela.

— Je ne le ferai plus.

— Tais-toi... va-t'en de devant mes yeux... monstre !...

— On n'est plus le fifi chéri à maman Tampon alors ?

— Plus souvent !

— Puisque je te dis que je ne le ferai plus... d'abord c'était la première fois que... c'est les autres qui m'ont poussé en avant... enfin... on n'en saura rien.

— Tout se découvre.

— Bien sûr que si tu brailles comme ça, le quartier le saura tout de suite !

— M. Calmousquet va te reconnaître.

— Je dirai que c'est pas vrai... et que pendant qu'on faisait le coup, eh bien, j'étais en train de sauver la petite.

— Ah ! mon Dieu, mon Dieu !

— Embrasse ton fifi...

— Jamais...

— Puisque je te dis que je ne le ferai plus... ah ! non... d'abord des coups de pistolet... merci... je sors d'en prendre... quand je pense qu'un pouce plus près... j'étais mort, mort moi-même... ah ! non, non, je me range.

— Toi.

— Oui, moi !... paye la goutte et...

— Si ça pouvait te servir de poison oui, mais... non.

— On n'est pas plus aimable...

— Ton père est bien heureux d'être dans la tombe !

— Puisque je me range... voilà dix fois que je

te le dis... Tiens, on embauche chez M. Aubry... Eh bien je m'en y vas, mais embrasse fifi.

— Va-t'en.

— Alors payes-y la goutte?

Et comme madame Tampon ne faisait mine de bouger, Polyte en fouillant partout découvrit une autre bouteille, qu'il porta à ses lèvres.

— Canaille! fit la bonne femme.

— Au revoir, je m'en vas... je te rapporterai des gros sous...

Polyte parti, madame Tampon se reprit à pleurer s'essuyant les yeux avec le coin de son tablier et murmurant :

— Mon Dieu! fallait-il devenir vieille comme me voilà pour voir des choses pareilles... Le gueux!... Il m'a déshonorée!... Tant travailler pour arriver à la honte!... J'ai jamais pu rien en faire. Enfant, au lieu d'aller à l'école, il passait son temps à polissonner; ouvrier, je le savais paresseux, ivrogne, libertin... mais voleur!... voleur! voleur! Pourquoi ne suis-je pas déjà morte... En quoi cela vous gênait-il, mon Dieu, de me prendre plus tôt... Qu'est-ce que je vous ai fait pour me châtier ainsi?... Enfin... c'est pas une raison pour laisser mourir de faim les pauvres créatures qui sont là-haut!

Et prenant sur une tablette une boîte à lait qui contenait le déjeuner, elle monta lentement les marches de l'escalier.

Cet escalier, étroit et noir, conduisait à une chambre basse de plafond, mais vaste et qui donnait sur la rue par un châssis au ras du sol. Il y avait là un lit, une commode, une table, quelques chaises, une cheminée avec un petit poêle de fonte au-devant et une pendule à colonnes dessus, quelques mauvais tableaux accrochés à la muraille et, dans un coin, un secrétaire en acajou servant de garde-manger; des bols, des assiettes en occupaient la partie haute tandis que des tiroirs entr'ouverts étalaient, pêle-mêle, quelques morceaux de sucre, des cuillères et des fourchettes.

Le charbon gisait sur le sol.

Des vêtements étaient épars çà et là.

Quand madame Tampon arriva, Toinon était déjà levée et essayait de mettre un peu d'ordre dans cette chambre.

Églantine, éveillée, jouait et riait dans le lit, faisant la dînette avec une chiffe de pain.

— Comment, vous voilà debout! fit madame Tampon surprise.

— Dame! oui.

— Voulez-vous bien vous recoucher tout de suite, et vous reposer.

— Par exemple... Ce serait la première fois que cela m'arriverait. Non je me sens bien, à cette heure. Je suis tout à fait remise... Vous voyez, j'occupais mon temps en rangeant un brin.

— Brave fille...

— Le ménage, ça me connaît,

— C'est pas mon gueux de fils qui...

— Le ménage n'est pas l'affaire d'un homme. Voyons que voulez-vous que je fasse pour vous servir?

— Je veux que vous vous reposiez, sapristi! pendant que je vais préparer notre déjeuner.

— A la boutique! cria-t-on d'en bas.

— Allons bon... En voilà encore une qui va me faire descendre pour un sou de poivre!

— A la boutique!... à la boutique!

— Allez-y.

— Faut ben ..

Quand madame Tampon remonta, le lait était sur le feu, le café répandait dans l'air ses suaves

parfums, et de belles rôties attendaient au chaud
le beurre qui devait les couvrir.

Il n'y avait qu'un bol sur la table.

— Un seul ! fit madame Tampon.

— Je vous servirai, répondit Toinette.

— Asseyez-vous là, mais voulez-vous ben vous
asseoir là tout de suite, répondit madame Tampon ; et tirant avec une brusque cordialité Toinon
jusque dans un fauteuil, elle la fit asseoir à table,
plaça le bol devant elle, puis deux autres, et après
avoir pris Églantine dans ses bras elle versa le
succulent café.

Hélas, tandis que Toinette et sa fille mangeaient
de fort bonne appétit, la pauvre vieille sanglotait
en disant :

— Mon Dieu, pourquoi donc, au lieu d'un gredin de fils comme Polyte, n'ai-je pas une brave
fille comme vous ! Allez, faites pas attention à mes
larmes, mangez tout de même.

Quand Toinon et sa fille furent rassasiées, madame Tampon, après avoir une dernière fois
essuyé ses yeux, continua :

— Voyons, ce n'est pas tout ça, ma fille, que
comptez vous faire maintenant ?

— Je ne sais guère, répondit Toinette, j'ai pensé

cette nuit que je pourrais trouver à me placer.

— Peut-être bien, mais faudrait d'abord vous nipper autrement que vous n'êtes.

— J'ai deux louis, vous savez.

— Oui, gardez-les... On ne sait pas ce qui peut arriver. Je vais vous prêter quelques-unes de mes frusques que vous arrangerez à votre taille et puis nous verrons, nous chercherons; vous placer ne sera pas facile avec votre enfant..

— Me séparer d'Églantine... Ah ! mon Dieu... mais je n'ai qu'elle...

— Je comprends ça... Enfin... En attendant considérez-vous ici comme chez votre mère.

Quand vint le soir, Polyte rentra filant sans bruit le long des maisons et cherchant de l'œil jusque dans les poches de sa mère, si quelque agent de police n'y était pas caché.

— Bonsoir, la mère ! fit-il.

Madame Tampon ne répondit pas.

— Y a-t-il moyen de béquiller ?

— Monte là-haut.

Polyte monta l'escalier.

— Bonsoir, mamzelle, fit-il.

Toinon eut un mouvement d'effroi.

— Bonsoir, mignonne, continua le vaurien en ssayant d'embrasser l'enfant.

Celle-ci s'enfuit dans les jupes de sa mère.

— Ah ! ah ! poursuivit Polyte... paraît que je e suis plus guère le chéri, ici !

Toinon mettait la table. Bientôt un plat rempli 'un ragoût aux pommes, odorant et fumant, vint rendre place au milieu des assiettes entre deux outeilles, dont l'une contenait du vin et l'autre e l'eau.

— Mange ! fit madame Tampon.

— C'est tout ce que tu me dis ?

— C'est tout ce que j'ai à te dire.

— Tu ne me demandes pas si j'ai trouvé de 'ouvrage ?

— Je sais bien que tu n'en a même pas cherché !

— C'est ce qui te trompe.

— Vrai !

— M. Aubry m'a embauché.

— Pas possible !

— C'est si vrai que j'ai massé toute la journée et que j'ai même obtenu un acompte que voilà, ajouta-t-il en jetant sur la table une pièce de deux francs.

Madame Tampon n'en pouvait croire ni ses yeux ni ses oreilles.

— Quarante sous, continua Polyte, déduction faite de ce que j'ai dépensé pour mon déjeuner, un ordinaire de sept sous, trois sous de pain et une chopine et de ce que j'ai dépensé aussi pour cela. Et, ce disant, il tirait de sa poche une poupée toute neuve qu'il offrit à Églantine.

— Dis merci, fit Toinon.

— Merci, dit Églantine dont une vive rougeur vint colorer les joues.

— Mon Dieu!... C'est-il possible?... Ah! çà, mais... murmura la vieille Tampon... s'il pouvait changer!

VII

AU PETIT BONHEUR

Le lendemain Polyte se rendit à son travail.

Puis le surlendemain.

Encore le jour d'ensuite.

Madame Tampon n'en revenait pas ; elle ouvrait de grands yeux en voyant son garnement partir et rentrer ; elle pensait :

— C'est-y possible ! Il travaille... c'est-y vraiment Dieu possible !

Il faut tout dire :

Chaque fois que Polyte, s'apercevant dans une glace, remarquait l'éraflure qu'il portait au visage, il pensait de son côté :

— Diable ! Fichtre... Je l'ai échappé belle !

M. Calmousquet l'avait fait, certain jour, frémir de la tête aux pieds rien qu'en s'arrêtant devant lui pour... éternuer.

Il semblait au chenapan, que les sergents de ville, en passant, regardaient la fruiterie d'une étrange manière.

Enfin le Chef, Ventre-d'Osier et Jambe-de-Coq, avaient été cueillis le lendemain même de l'affaire du pont de l'Estacade, au moment où ils dévalisaient un magasin d'épiceries en gros, l'un dans la gueule d'un bouledogue, l'autre dans une cuve de mélasse où il était tombé.

Cela faisait faire de fâcheuses réflexions à Polyte.

Puis l'intérieur de la maison Tampon changeait tout doucement d'aspect.

Antoinette ne restait pas inactive.

Elle partageait son temps entre le ménage et la boutique.

Grâce à la fillette, la table était mieux mise, la cuisine meilleure ; en partant le matin, Polyte trouvait des habits propres et raccommodés et le soir en rentrant un excellent souper, agrémenté par l'appétit que donne un travail de dix heures.

Antoinette était gentille à voir.

Propre, active, toujours souriante, elle embel-
lissait la maison par sa seule présence, comme
l'oiseau égaye la cage.

Il n'y avait pas jusqu'à Églantine qui n'ajoutât
quelque attrait à cette vie nouvelle.

D'abord un peu sauvage, elle avait fini par se
familiariser avec le vaurien, elle n'avait plus peur
des mains noires qu'il lui tendait et quand il lui
disait :

— Bonjour, Titine !

Et que pour l'embrasser elle lui prenait le cou
dans ses petits bras potelés...

Il se sentait au cœur comme un chatouillement
de plaisir.

Enfin les affaires de la fruiterie prospéraient
sensiblement.

Au lieu de recevoir de ses fournisseurs ce qu'ils
voulaient bien lui envoyer, madame Tampon pouvait aller elle-même à la Halle faire son choix,
discuter ses prix, acheter à la criée et obtenir
ainsi des marchandises plus fraîches, à meilleur
marché. A la place du fumier comestible qui les
avait longtemps encombrées, les tablettes offraient,
aux yeux charmés des amateurs, la tendresse

incontestable, la verduresse immaculée, les fruits
appétissants, frais éclos du rayon du soleil qui les
avait muris.

Il ne fallait plus attendre deux heures pour être
servi. Sans doute, ces deux heures n'avaient jamais été tout à fait perdues, les commères em-
ployant bien ce temps à bavarder, mais cela gêne
tout de même, quand on a quelque chose sur le
feu. On ne criait plus à s'égosiller : à la boutique !
Quand la mère Tampon se trouvait dans sa soupente, Toinon était toujours là, allant, venant,
servant, aimable pour tout le monde.

Églantine voulait aussi se rendre utile.

Rien n'était aussi drôle que de la voir, roulant
dans les jambes des gens, porter un chou plus
gros qu'elle, recevoir ou rendre la monnaie et
faire de belles révérences; il lui arrivait bien
quelquefois de glisser sur une feuille ou de
tomber le nez dans un fromage, mais elle faisait après ces accidents une si amusante petite
mine qu'au lieu de la gronder on la mangeait de
caresses, et beaucoup de bonnes femmes se se-
raient dérangées d'un quart de lieue rien que pour
prendre, par-dessus le marché, quelques gros
baisers sur ses joues.

La mère Tampon ne pouvait plus se passer d'elle.

Lorsqu'elle ne l'avait pas dans ses bras ou sur ses genoux, quelque chose lui manquait, et lorsqu'au repas l'enfant lui grimpant dessus et en gigotant mettait le pied dans la soupière, madame Tampon trouvait la soupe meilleure.

Est-ce qu'un pied mignon comme celui d'Églantine n'est pas bien placé partout?

On l'aurait croqué mieux qu'une pomme.

L'enfant connaissait bien l'empire qu'elle exerçait sur la bonne femme.

Il ne fallait pas qu'Antoinette s'avisât de gronder.

Vite, Églantine se réfugiait dans les jupes de sa maman Tampon, et de là bravait tout.

Entre enfant et vieille femme on s'entend si bien! Ces deux bouts de la vie se rejoignent tout naturellement comme en un anneau.

D'une essence délicate et pure sous sa forme rustique, Antoinette souffrait du contact d'Hippolyte, de ses mots grossiers, de ses gestes canailles; elle ne se rappelait pas, sans trembler encore, les circonstances de leur rencontre.

Mais elle se disait que cet homme lui avait sauvé la vie, qu'elle lui devait aussi l'existence de son enfant, qu'il était le fils de madame Tampon, si bonne, si honnête.

Et puis il paraissait tant aimer Églantine.

Il faisait si gentiment faire à l'enfant prêchi-prêcha et à cheval sur mon bidet, le soir après dîner; souvent il lui apportait quelque chose, un gâteau ou un jouet.

Pour embrasser Églantine, Polyte lâchait sa pipe !

Enfin il jurait encore, mais il jurait moins, se tenait mieux; la casquette qu'il portait d'ordinaire inclinée sur l'œil droit reprenait insensiblement une place plus normale sur le sommet de la tête.

Il se lavait les mains !

Madame Tampon faisait les plus consciencieux efforts pour conserver vis-à-vis de son fils une attitude digne et fâchée, mais l'amour maternel perçait à chaque instant.

La vieille femme était si heureuse de voir son fils revenir à de meilleurs sentiments !

Du reste il savait si bien la cajoler !

— Embrasse fifi, disait-il en arrivant et en prenant entre ses mains la tête de madame Tampon,
qui ne sortait de là que le bonnet chiffonné, em-
brassez le fiston à la mèmère.

— Non.

— Tout de suite !

— Non, que je te dis, scélérat !

— Puisqu'il a bien travaillé.

— Gueux ! pendard !... veux-tu bien me lâcher !

— Tiens, tiens, un bécot, deux bécots, trois
bécots.

— Jamais !... jamais je n'oublierai... me lâches-
tu, ou je tape !

— Pas mèche, t'as pas ton balai !

— Oh ! monstre !

— Puisque je te dis que tu m'aimes tout de
même.

— Moi !... Ah ! ben non... c'est fini.

— Que tu dis...

La bonne femme avait beau faire, il lui fallait
se laisser embrasser, et sous les baisers de son fils
elle sentait fondre comme neige toutes ses colères.

Tout était donc pour le mieux dans la meilleure
des fruiteries possibles.

6

Aussi, quand un jour Toinon vint dire à madame Tampon qu'elle avait trouvé une place de servante dans un cabaret voisin, la pauvre vieille faillit-elle tomber à la renverse.

— Une place, répondit-elle, étranglant presque, et pour qui, bon Dieu?

— Pour moi.

— Pour toi! Et pourquoi chercher une place? Tu n'es donc pas bien ici?

— Si, mais...

— Eh bien, alors?

— Mais, madame Tampon, est-ce qu'il n'était pas convenu que je chercherais quelque chose?

— Où?... quand ça?... jamais!

— C'est vous-même qui...

— Qui, quoi?... Je serais donc lasse d'être heureuse, alors?... Tu m'as apporté le bonheur et je te renverrais? Tu ne vois donc pas que depuis que tu es ici, tout va bien? Le commerce prospère, mon gredin de fils est corrigé... J'ai du bon temps comme jamais je n'en avais eu... Voyons, que te donne-t-on dans ta place? Si c'est de l'argent qu'il te faut, pioche dans la caisse. Ah! mon Dieu, mon Dieu! Et ma petite Églantine que je ne verrais plus... Tu veux donc me faire mourir de chagrin, à cette heure ?

— Mais non, madame Tampon, répondit Toinette, pleurant presque d'attendrissement.

La pauvrette n'était guère habituée à une telle explosion d'amitié.

— Ah ! mais, je n'en reviens pas... ah ! mais, tu m'as cassé les bras et les jambes, avec ton : J'ai une place. Tu ne m'aimes donc pas, Toinette ?

— Mais si, madame Tampon.

— Eh bien, tu aurais dû oublier ce que nous avons dit, comme je l'avais oublié moi-même... Et Polyte, tu crois qu'il s'arrangerait de ton départ, lui ?...

— M. Hippolyte...

— Oui... enfin, je sais ce que je dis... Toinon, si tu m'aimes, ne me parle plus de t'en aller ; ne m'en parle jamais, entends-tu bien ? et embrasse-moi.

— Ah ! oui, madame Tampon.

— Comme si j'étais ta mère.

— Vous êtes bien une vraie mère aussi pour moi.

Et les deux femmes se jetèrent dans les bras l'une de l'autre.

Églantine, qui ne savait ce que tout cela signifiait, se mit de son côté à jeter les hauts cris.

— Tu vois, tu vois, que la petite ne veut pas me quitter, continua la vieille. N'est-ce pas, Églantine, que tu ne veux pas me quitter, jamais ?

— Non, non !... exclama l'enfant en tendant aux deux femmes ses petits bras tremblants.

Et l'enlevant de terre avec transport, elles scellèrent la paix par des baisers sur ses deux joues.

— Ne parlons pas de cela à Hippolyte, dit madame Tampon. Ça lui ferait trop de chagrin. Il l'aime, ajouta-t-elle mentalement ; voilà tout le secret de son changement.

Pourquoi l'amour n'aurait-il pas germé au cœur d'Hippolyte ?

Semence divine que le hasard propage, l'amour tombe partout, dans le sable aussi bien que sur les terres fécondes et dans les anfractuosités d'un roc pousse souvent l'arbre chétif et rabougri où le rossignol chantera.

Il n'y a pas de parfait gredin.

Dieu nous a refusé cette merveille.

Ne fût-ce que par une facette, l'éclair ne dût-il durer qu'un instant, tout cœur reflète la lumière d'en haut avant de rouler lourd et stupide dans le néant fangeux du vice.

Antoinette reprit donc ses occupations ordinaires à la fruiterie, sans se rendre un compte exact de ce que madame Tampon avait voulu dire à propos d'Hippolyte.

Mais madame Tampon n'en pensait pas moins.

Et Hippolyte, donc !

Les choses étaient ainsi quand une circonstance, futile en apparence, vint tout à coup en précipiter le cours.

Un dimanche, un lendemain de paye, Hippolyte s'était attardé plus que de coutume à déjeuner, assis entre sa mère et Toinon; pourtant, la conversation languissait et l'on allait se séparer, lorsque Églantine arriva tout courant, rouge d'émotion, avec des larmes dans les yeux.

De grosses larmes... qui roulèrent bientôt sur ses joues.

— Qu'as-tu, mignonne? demanda Polyte, en prenant l'enfant dans ses bras.

— J'ai... j'ai... soupira-t-elle.

— Voyons... dis... Veux-tu quelque chose?

— Non.

— Un sucre d'orge?... ah !... une poupée grande

6.

comme toi ? Je suis en fonds aujourd'hui ; parle,
nous allons aller la chercher chez la nourrice.

— Non... c'est la petite Nini, qui...

— Qui ?...

— Ne veut plus jouer avec moi.

— Parce que ?

— Parce que, dit-elle, je n'ai pas de papa, et
que les petites filles qui ont des papas ne jouent
pas avec celles qui n'ont pas de papas. Je lui ai
dit, moi, ajouta l'enfant en précipitant ses paroles
comme pour décharger son cœur, que j'en avais
un aussi... que c'était toi, Polyte, papa Polyte,
qui étais mon papa... Elle a ri et dit : C'est pas
vrai !

— Et alors ?

— Eh bien ! alors... oh ! oh ! oh !... Pourquoi
que tu n'es pas mon papa ?

Antoinette était atterrée.

La mère Tampon tournait ses pouces pour se
donner une contenance.

Après un instant de silence :

— Il ne tient qu'à ta mère que tu aies en moi
un papa comme les autres, répondit Polyte d'une
voix grave et que tu ne pleures plus. Moi je ne
demande pas mieux.

Là-dessus il prit sa casquette et sortit.

Polyte parti, madame Tampon attendit quelques instants et dit enfin :

— Eh bien ?

Toinon restait muette.

— Parle donc... Tu as bien entendu ce qu'Hippolyte vient de dire. Réponds ?

— Oh ! madame Tampon, s'écria la fillette, fondant en larmes et se jetant au cou de la bonne femme.

— Oui, je sais bien que tu n'aimes pas Polyte comme Polyte t'aime... Tu ne peux même pas le souffrir.

— C'est pas ça....

— Qu'est-ce que c'est alors... Ta fille ?

— Oui, répondit Toinette d'un signe de tête.

— Eh bien puisqu'il l'accepte... comme si elle était de lui. Pourquoi cela t'arrêterait-il plus que cela ne l'arrête lui-même... Tu vois bien que ce n'est pas cela... Tu aimes encore... l'autre.

— Oh !... je ne l'ai jamais aimé... l'autre.

— Alors ?

— C'est que...

— C'est que tu n'aimes pas mon fils... je te le

disais bien tout à l'heure. Oh ! je ne t'en veux
pas de cela, va, un chenapan qui n'a jamais fait
que des fredaines qui... enfin bon... suffit... Ah !
il n'est guère ragoûtant... Pourtant Toinon il se
conduit mieux. Depuis que tu es entrée chez nous
il n'a pas perdu une journée, il est devenu doux,
aimable, que je ne le reconnais plus... Et puis
enfin quand il est un peu requinqué c'est un bel
homme... ah ! oui, défunt son père était un peu
plus grand que lui, mais Polyte est un bel homme
tout de même.

— Je ne l'ai jamais regardé !

— Regarde-le... non... enfin ça ne t'engage à
rien de voir un peu comment il est fait.

— Ça m'est égal, madame Tampon.

— Eh ! eh !... Ça dépend des idées... moi j'aurais
pas voulu d'un avorton... non... non... J'aurais
mieux aimé pas, d'abord...

— Ah ! madame Tampon !

— Quand tu diras : ah ! madame Tampon ! ah !
madame Tampon ! voyons, raisonnons un brin :
Il t'a sauvé la vie !... c'est pas pour te le reprocher, il t'a sauvé la vie ainsi qu'à ta fille.

— C'est vrai... mais.

— Oui... mais... je sais bien... il a voulu se
payer un peu vite... de sa bonne action... Je vas te
dire, il était un peu bu ce soir-là... oh... oui...
Mon Dieu ! Mon Dieu ! Pour faire ce qu'il a fait,
cette fois-là, il fallait qu'il fût complètement
bu... un homme bu... c'est comme un enfant,
ça n'écoute que sa passion... Vilaines bêtes que
les hommes quand ça n'écoute que sa passion...
Tu en sais bien quelque chose, pas vrai ?... Pardonne-moi, Toinon, je ne voulais pas te faire de la
peine en te rappelant le passé. Enfin celui-là n'est
pas comme l'autre, il ne demande qu'à racheter
ta faute. Puis, tu ne veux pas sempiternellement
rester fille ?

— Pourquoi pas ?...

— Il faut un protecteur... un père pour ton
enfant !

— J'ai peur d'Hippolyte...

— C'est lui qui tremble... qui ne sait plus ce
qu'il fait... T'as donc pas vu tout à l'heure... Il
s'est fichu dans une chaise en sortant... Et puis, Toinette, ça me ferait tant de plaisir de t'appeler :
Ma fille. Tu as un enfant, je sais bien, mais
qu'est-ce qui n'a pas un peu plus ou un peu moins...
Enfin tu es bonne, courageuse, propre, honnête.

Je t'aime, Polyte t'adore. V'lan ! pour le qu'en dira-
t-on... Toinette... Si tu refuses, mon chenapan de
fils de désespoir est capable de retomber dans la
canaillerie... Toinette, je t'en prie... Toinette je
t'en supplie... je t'en conjure... fais-le pour moi...
Ne refuse pas Polyte... le bon Dieu t'en récom-
pensera dans toi et dans ta fille... Si tu ne l'épouses
pas... je suis capable de... oh ! là là là que je suis
malheureuse !

— Ne pleurez pas, madame Tampon.

— Si !... je veux pleurer moi... jusqu'à temps
que tu me dises oui...

— Eh bien alors...

— Vas-y, va, au petit bonheur.

— Eh bien oui.

— Oh ! oh !... Viens que je t'embrasse.

Et voilà comment le mariage d'Antoinette et
d'Hippolyte fut décidé.

Peu après, la fillette, avec le secours d'une voisine, car elle ne savait ni lire ni écrire, annonçait
l'événement à Thérèse qui lui répondit aussitôt
en lui souhaitant tout plein de bonheur, lui an-
nonçant en outre que Jacqueline avait vendu sa
vache et que M. et madame Raoul Beloison étaient
venus s'installer à Paris.

Enfin après les formalités d'usage, la cérémonie
ut célébrée en l'église Saint-Louis-en-l'Ile.

Madame Tampon pleurait de joie.

Antoinette était pâle comme une morte.

Églantine suçait un sucre d'orge.

Rasé de frais, Hippolyte avait une belle redin-
ote noire et des souliers vernis.

Tout le monde était sur les portes et en voyant
asser la noce, les commères se disaient entre
lles :

— Eh bien pour une vierge d'occasion, pour
ne fille qui n'apporte en dot qu'un enfant tout
ait, Toinon n'est pas mal partagée, elle attrape un
el homme, tout de même. Il n'y a que ces filles-là
ui ont de la chance.

VIII

LUNE DE MIEL

(Chapitre nécessairement très court)

Mariée !

A cette pensée qui tout à coup lui étreignit le cœur, Antoinette se réveilla et s'asseyant sur son lit, elle se mit mélancoliquement à contempler les objets qui l'entouraient et l'homme, son mari désormais ! qui dormait auprès d'elle la tête enfouie dans les oreillers.

Aucun bruit ne montait encore de la rue.

Seul, un rayon hâtif, passant entre les rideaux, éclairait la chambre d'une lueur douce, mystérieuse.

Dans cette pièce, à laquelle attenait un cabinet

fermé par une porte vitrée, le lit, une commode, des chaises en noyer ressortaient avec éclat sur un carrelage rougi à neuf et des tentures en madapolam blanc bordées de rouge aussi. Une pendule surmontait la cheminée, égrenant le chapelet éternel des heures, et, sur les murailles, étaient accrochées quatre gravures allégoriques dans leurs cadres dorés.

C'était superbe !

Il y avait bien là un peu de désordre, des vêtements étaient épars sur les chaises et la chandelle avait brûlé jusqu'au fond du flambeau, les époux s'étant endormis avant elle, mais en un jour pareil, un lendemain de noces, cela se comprend aisément.

Antoinette s'était laissé marier, un peu pour être agréable à madame Tampon, un peu pour donner un père à sa fille, mais surtout sans savoir au juste ce qu'elle faisait et comptant que le bon Dieu daignerait arranger les choses pour le mieux. C'était fini !...

Elle était mariée... et à qui ?

Elle se mit donc à songer.

Et tous les rêves de sa jeune existence vinrent l'un après l'autre frapper à la porte de son cœur

7

et lui dire les uns bonjour, les autres adieu !

Adieu !... cette insouciance qui laisse passer les jours sans les compter, les événements sans leur donner plus d'un rire ou d'une larme ; adieu les chevauchées à travers l'inconnu, le rêve en son bouton, la fleur à son matin, adieu l'amour ! L'amour qui chante et clôt ses couplets par des baisers, chanson qu'entendent les sages comme les folles dans le pétillement du foyer, dans la brise qui passe, dans le cœur qui soupire, l'amour qui donne des ailes et élève l'âme jusqu'en ces régions lumineuses où tout est joie, même les pleurs, même la mort quand ces larmes ou ce trépas sont partagés ; l'amour qui donne une éternité de bonheur dans un mot : je t'aime !

Adieu l'espoir vaste... immense... sans limites !...

Adieu la liberté !

Au fumier tout cela !

Bonjour ! les soucis du ménage, les hardes à raccommoder, le terme à payer, un mari grognon, des enfants qui piaillent du matin au soir et qui pis est du soir au matin. Bonjour la pâtée à trouver pour tout ce monde, qu'il vente ou neige, qu'il y ait ou non de l'argent à la maison. Bonjour la maladie. Bonjour les craintes de toutes sortes.

Bonjour la misère!

Bonjour la lutte de chaque instant...

... et la mort au bout.

Antoinette songeait encore quand...

Polyte se réveilla à son tour, prit Antoinette dans ses bras et un baiser sonore, comme le chant du coq, retentit dans la chambre.

La pauvrette sentit se fondre toutes ses appréhensions, les nuages qui enveloppaient l'avenir tombèrent soudain percés par un flot de lumière.

On croit si vite au bonheur !

Six heures sonnèrent à la pendule.

— Déjà ! fit Polyte en sautant en bas du lit.

Antoinette le regardait étonnée.

— Vite, continua-t-il, ma cotte... mon bourgeron.

— Je vais vous donner tout cela.

— Vous, qu'est-ce que c'est que ça ?...

— Dame !...

— Veux-tu me dire : toi tout de suite... ou je recommence!

Sous cette menace, Toinon sourit, enfonça sa tête sous les couvertures, mais inutilement, et deux ou trois autres baisers suivirent le premier, tout aussi sonores, tout aussi joyeux.

— Tu vas rester là, continua Polyte, bien chaudement, bien douillettement embobinée, et moi je vais aller te chercher ton café, bien sûr la mère l'a déjà mis sur le feu... et puis après, on ira travailler comme un homme.

— C'est aujourd'hui dimanche...

— Oui, mais ce n'est pas dimanche de paye et l'ouvrage presse, on va aller gagner de gros sous pour sa petite femme qu'on aime... Tout plein, tout plein de gros sous.

— Ah! mais je ne veux pas que tu me serves.

— Ah! mais je veux moi... et quand je dis je veux, faut obéir... ou gare... et un nouveau baiser alla rejoindre les autres.

— Allons cela ira peut-être bien tout de même, pensa Toinette.

Et Polyte revint suivi de maman Tampon qui portait triomphalement le plus splendide bol de café au lait qu'on pût voir.

Antoinette déjeuna ce jour-là dans son lit.

Comme cela lui sembla bon!

Quoi! elle allait donc être choyée, dorlotée comme tant d'autres... aimée!... elle aussi!

Polyte se rendit à son travail.

Mais à deux heures il revint, n'y tenant plus, disait-il.

Il lui fallait absolument embrasser sa femme.

On fit un brin de toilette et, comme le temps était encore beau, on partit pour le bois de Clamart, bras dessus bras dessous, comme deux amoureux, souriant aux connaissances qu'on rencontrait en chemin, et aussi aux gens qu'on ne connaissait pas; souriant aux employés du chemin de fer, souriant à tous; quand on aime, le cœur déborde d'une telle joie qu'on aime tout le monde, qu'on trouve tout bien, tout bon... tout parfait; ah! que c'est beau de regarder à travers les lunettes que l'amour nous met parfois sur le nez, pourquoi ces lunettes-là se cassent-elles si vite?

Au bois, l'automne avait déjà molletonné les chemins d'un tapis de feuilles tombées et tout en marchant, en soulevant de son pied les pauvres mortes, Antoinette écoutait, souriant en dessous, ce que Polyte lui disait, en souriant aussi... et si quelque chose troublait le silence, ce n'était pas seulement l'oiseau s'envolant à travers la ramure nue du chêne ou de l'ormeau, c'était aussi un baiser ou un éclat de rire.

On aurait bien dîné à l'Ermitage mais...

Après avoir longtemps considéré la porte du champêtre restaurant, les deux pigeonneaux conclurent que :

— Ça devait coûter cher là dedans.

Maman Tampon avait préparé un petit frisquiqui qu'il n'aurait pas été honnête de lui laisser manger toute seule.

Puis il semblait à Toinette que depuis bien longtemps elle n'avait embrassé Églantine.

On revint donc par le même chemin.

On soupa gaîment et une partie de cartes termina la soirée.

Ce fut pour Toinette un jour de bonheur.

Mais on ne peut pas toujours rire et folâtrer, n'est-ce pas? Aussi chacun reprit-il bientôt son train-train habituel. Polyte à l'atelier, madame Tampon à son comptoir et Toinette se décarcassant pour contenter tout le monde.

L'hiver arriva tout à fait avec la pluie, la neige, le vent, la boue, les rhumes et ses autres calamités, pas moyen de retourner au bois de Clamart; mais le soir on soupait au coin du feu et l'on faisait la fine partie, Polyte en fumant sa

pipe, et la perdante, que ce fût madame Tampon
ou Toinette, en raccommodant des bas. Puis le
dimanche on allait à l'Ambigu, entendre un gros
drame bien terrible, bien larmoyant mais où le
traître périssait invariablement de la façon la
plus désagréable. Après avoir pleuré à verse,
madame Tampon et Toinette, Églantine même
revenaient le cœur plus léger et prêtes à recommencer le plus tôt possible.

Enfin on faisait de beaux projets pour l'avenir.

On se disait qu'en réunissant les économies de
la famille, Polyte pourrait prendre à son compte
une petite boutique dont rien ne l'empêcherait
d'augmenter les affaires par la suite. Tant de
patrons ont commencé comme cela qui se pro-
mènent à présent la canne à la main !

C'est ça qui serait agréable pour Polyte de faire
le monsieur et pour madame Tampon de dire :
Oui, le patron de cet atelier, le plopliétaire de cet
immeuble... c'est mon fils! Et pour Toinette :
c'est mon mari.

Églantine devait naturellement recevoir l'éducation la plus complète et réunir toutes les qua-
lités, même la dot!...

L'hiver se passa de la sorte, puis les jours s'allongèrent, le soleil mêla ses rayons à la neige et quelques fleurs reparurent couchées sur l'éventaire de la bouquetière ou frissonnant à la branche noire de l'amandier.

Le bois de Clamart recommença à se couvrir de bourgeons verts et de feuilles coquettes.

Mais Polyte avait oublié le chemin du bois.

Puis Polyte, justement à cause de sa bonne conduite, venait d'être récemment chargé par M. Aubry des travaux de ville ; or dans ses longues courses à travers Paris il lui arrivait de rencontrer des camarades.

Entre coteries on ne se revoit pas sans s'offrir un verre.

Tout verre accepté doit être rendu, c'est trop juste.

De verre en en verre, on arrive à la partie de piquet, si on est chez le marchand de vin ; à la partie de billard, si on est à l'estaminet, et la journée se passe comme ça... au compte du patron, bien entendu.

On rentre chez soi, malade, grognon, prêt à chercher querelle à quelqu'un... à sa femme surtout, car enfin si on a une femme c'est bien un peu pour passer sur elle sa mauvaise humeur...

C'est ce qui arrivait de temps en temps à Hippolyte.

Oh! madame Tampon n'était pas contente de ça...

Elle tempêtait comme le jour où on lui avait cassé ses carreaux.

Elle disait à Toinon :

— Prends garde, ton homme se dérange.

— Bah! répondait Toinette... pas souvent... Et puis ne faut-il pas que les hommes s'amusent un brin !

— Est-ce que je m'amuse moi... et toi?...

— Ah! nous autres... les femmes... nous ne sommes peut-être pas sur terre pour ça...

— C'est égal, M. Aubry aurait dû laisser ton homme à l'atelier... à ta place je le lui aurais dit.

Enfin le ciel ne peut toujours rester bleu et les quelques nuages que le vent amène ne sont pas encore l'orage.

Mais ils l'annoncent.

IX

EN BALLADE

Un jour... il faisait chaud, les rayons du soleil tombaient drus, changeant l'air en un souffle ardent, les rues en fournaises; du sol s'élevait une épaisse poussière.

On n'arrose guère que lorsqu'il pleut.

Plié en deux, haletant, suant, entre les deux brancards d'une charrette qu'il traînait après lui, Hippolyte gravissait l'avenue un peu raide, comme on le sait, des Champs-Élysées, quand tout à coup des cris, des injures retentirent à son oreille et levant la tête il se trouva presque sous les roues d'une voiture découverte qui, tournant court sur lui, menaçait de l'écraser.

Conduite par l'un de ces personnages à cha-

peaux cirés qui trônent sur leurs sièges comme
les dieux dans l'Olympe et ne daignent sortir de
leur majesté habituelle que pour distribuer aux
gens des injures et des coups de fouet, cette voiture contenait assis, couchés pêle-mêle les uns
sur les autres, jambes de-ci, bras de-là, trois
hommes : le Chef, Jambe-de-Coq, Ventre-d'Osier,
et deux femmes à chignons roux avec les joues
plus rouges encore et le regard aviné.

— Imbécile ! hurla le cocher.

— Imbécile toi-même ! répondit Hippolyte.

— Malagauche !

— Va donc, hé ! collignon !

— Collignon !

— Oui, collignon... ça te fâche... et ben viens
donc un peu que je te rende ta monnaie...
T'oses pas lâcher tes canassons, pas vrai... Tu
crains qu'ils ne s'envolent tout seuls... Oh!
malheur ! Pour la marchandise qu'ils tombereaut-
tent...

— Dis donc, eh! toi... ma peau vaut bien la
tienne ! glapit l'un des chignons roux.

— Ta peau... Oh ! c'te peau... Combien que tu
paies à celui qui la tanne ?

— Attends un peu...

La chose allait tourner mal.

Les hommes descendaient de la voiture en arrondissant déjà les coudes quand le Chef cria tout à coup :

— Polyte !

— Oh ! fit Polyte à son tour, Jambe-de-Coq !

— C'est Polyte !

— Comment que ça va, mon vieux Polyte ?

— Ah !... c'est Jambe-de-Coq... Ventre-d'Osier... Le Chef... c'te rencontre !... Pas mal et vous... Ah ! ben en voilà une bonne tout de même... comment c'est vous ?

— Oui... et en ballade encore.

— On se la coule assez douce, comme tu vois.

— Moi qui vous croyais...

— Tais-toi donc !

— Ah ! oui... au fait... Tout de même c'est drôle.

— Et toi on m'a dit que tu étais marié !

— Oui ! fit Polyte.

— C'est vrai ?

— Oui.

— Pas à la colle ?

— Non... pour de bon.

— Ah! malheur!... non, ce que tu dis là me fait quelque chose, moi, tu sais, j'ai toujours été sensible au malheur des autres.

— Marié !

— Ah! ah! ah!

— Marié!... ah! pauvre garçon! prends-tu un verre?

— Non, merci.

— Des manières! — Par une soif pareille, allons, arrive donc... ce sont ces dames qui régalent.

Poussé par l'un, traîné par l'autre, Hippolyte se laissa mener chez le marchand de vin du coin.

En commandant la première tournée, sur le zinc, le Chef n'avait pas manqué d'envoyer au cocher une consommation que celui-ci avait avalée d'un trait mais dignement, majestueusement, sans dire merci et comme un juste hommage qui lui était bien dû.

La première tournée avalée on la fit suivre de plusieurs autres et, tout en buvant, on continuait de causer en amis.

— Dommage que tu sois marié, dit le Chef à Polyte en désignant par un clignement d'yeux le chignon roux qui n'avait rien dit, madame est vacante, pas vrai, Phrosia?

— Je ne dis ni oui ni non.

— Et moi donc, fit Jambe-de-Coq de l'air d'un chien à qui on arrache un os, est-ce que je ne suis pas là?

— Oh! toi... toi...

— Moi... moi...

— Polyte aurait mieux fait son affaire.

— Hein?

— Polyte aurait fait son affaire... J'ai pas d'autres raisons à te donner... mais puisqu'il est marié...

— Faudrait voir?

— Puisqu'on te dit... Est-il entêté, cet animal-là... Puisqu'on te dit qu'il est marié... alors.

La femme écoutait tout cela en lançant des œillades à Polyte et à Jambe-de-Coq, heureuse de voir naître, à cause d'elle, une rivalité entre ces deux hommes.

Polyte était visiblement ému.

— Et vous allez... dit-il, comme pensant à autre chose.

— Au « Lapin chahuteur », mon vieux, manger une friture.

— Au lap...

— Eh oui... tu sais bien... là-bas.

— Ah ! oui, je sais.

— Viens-tu avec nous ?

— Peux pas, ma vieille.

— Pourquoi ça ?

— L'ouvrage.

— Lâche-la.

— Et le singe ?... qu'est-ce qu'il dirait ?...

— Envoie-le rebondir.

— Et...

— Et... ta femme... accouche donc ?... tu as
peur de ta femme, elle te flanquerait le fouet, pas
vrai ?... Ah ! malheur !... Refuser de manger une
friture avec des amis pour... une femme ! Enfin
les opinions sont libres... comme tu voudras...
adieu... à la revoyure !

— Adieu, Polyte.

— Adieu, Ventre-d'Osier, adieu, Jambe-de-Coq.

— Nos respects à madame... oh ! là là !...

— Prends garde de lui faire de la peine à c'te
petite chatte...

— Marié !

— Ah ! ah ! ah !

Et les vauriens continuant de rire remontèrent

dans la guimbarde qui partit aussitôt, tandis que
Polyte restait là, planté droit comme un piquet
et les regardant aller.

— Si l'on entre en prison, murmura-t-il, paraît
aussi qu'on en sort.

Puis, il regagna sa charrette.

Mais il ne se sentait plus aucune force.

Il avait comme les jambes et les bras cassés, la
tête à l'envers.

Après avoir plusieurs fois levé puis laissé retomber les brancards :

— J'ai encore soif, dit-il.

Et il rentra chez le mastroquet où il se fit servir
une bouteille sur un coin de table, et il but à
plein verre le liquide fangeux qu'on lui avait
servi.

Le vin des mastroquets est souvent un poison !

Combien de pauvres gens, croyant là prendre
des forces, trouvent le crime ou la maladie.

Les fabricants de vin sont au moins complices
des méfaits qui se commettent à Paris.

A mesure qu'il buvait, un rictus étrange s'étalait sur ses lèvres rougies, Polyte suivait dans le

vide comme les fantômes d'un rêve, il écoutait
les ricanements de ses amis qui, sans doute, se
moquaient encore de lui ; il revoyait les œillades
assassines du chignon vacant et sa poitrine se soulevait à la pensée de tous les plaisirs qui lui
étaient un instant apparus.

Comment en cet état se remettre à la charrette ?

— Ah ! non... zut !... dit-il enfin.

Il y alla, à sa charrette, mais ce fut pour en
tirer une casquette toute neuve et une petite
jaquette qu'il avait momentanément retirées
afin d'avoir moins chaud. Après s'être rhabillé
en deux temps, il arrondit ses rouflaquettes,
cracha dans ses mains et partit laissant la charrette, son contenu et la bricole à la garde... des
sergents de ville.

Après avoir traversé Chaillot, puis Passy et
longé assez longtemps la Seine, Polyte atteignit
enfin cette agglomération de baraques qui depuis
la suppression des anciennes barrières s'est formée
sur la rive droite du fleuve en deçà et aussi un peu
au delà des fortifications ; véritable cité des plaisirs à bon compte où le buveur peut à son gré et
suivant qu'il a le vin triste, raisonnable ou joyeux,

piquer une dernière tête dans la Seine, roupiller
sur la table ou se livrer à une agréable contre-
danse. On trouve là, en effet, à côté l'un de
l'autre et se prêtant un mutuel appui, des restau-
rants champêtres, des bals en plein vent, des
cafés où coule la bière et roucoulent des chan-
teuses enrouées, maigres ou gonflées comme des
éléphants en baudruche ; il y a là des chevaux de
bois infatigables, sur lesquels, moyennant deux
sous, on fait dix fois, ni plus ni moins, le tour
d'un grand mât ; des jeux de bascules qui, toujours moyennant deux sous, vous enlèvent au
ciel ou vous rejettent rudement sur le sol. Tant
pis pour vous, si vous craignez le mal de mer, il
ne faut pas aller là dedans ; il y a aussi, toujours
à deux sous ! deux sous par personne, suivez le
monde ! des bêtes sauvages, des hommes sauvages, des femmes sauvages, touts terribles devant
le public et qui, aussitôt que les quinquets sont
éteints, font entre eux le meilleur ménage, ce qui
n'arrive pas toujours dans le monde civilisé. Là,
on gagne à la loterie, quand on a de la chance, un
pot de quatre sous pour dix francs. L'orgue de
Barbarie vous moud les airs les plus variés à côté
de la marchande de poissons frits qui embaume

l'air des parfums de son suif fondu, et si quelque chose vous roule dans les jambes au moment où vous vous y attendez le moins, c'est un cul-de-jatte un peu gris, qui vous crie d'une voix lamentable :

— La charité s'il vous plaît !

C'est un bruit, un bacchanal infernal, une musique à faire dresser les cheveux sur la tête et grincer des dents à ceux-là mêmes qui n'en ont plus.

A l'époque où se passait notre histoire, l'endroit n'avait pas encore acquis toute sa vogue, ces établissements ne venant que de naître ; mais y on distinguait déjà le cabaret du « Lapin chahuteur ».

C'était une sorte de chalet placé au milieu d'un champ et entouré d'un sordide treillage, brisé en maint endroit.

Ce chalet se composait d'un rez-de-chaussée occupé par les cuisines et le restaurant, et d'un premier étage formant salle de danse et auquel on accédait par un escalier tout droit. Un balcon régnait sur les quatre faces, abrité par l'énorme saillie d'un toit plat, couvert en papier bitumé, que maintenait en outre d'énormes poutres placées en travers.

Rien, d'ailleurs, de plus bizarre que ce chalet.
Construit avec des matériaux de démolitions
arrachés de toutes parts, il présentait l'aspect le
plus disparate, de quelque côté qu'on le regardât :
une porte trop grande y faisait pendant à une
porte trop petite, ce qui n'est pas une compensa-
tion ; une croisée Louis-Philippe, mal d'aplomb,
voulait vainement s'arracher aux embrassements
de plusieurs œils-de-bœuf Louis XV, le balcon pendait beaucoup plus d'un côté que de l'autre, le toit
semblait écraser l'édifice et, quand on dansait là
dedans, aux sons d'un violon criard et d'un trombone essoufflé, tout tremblait, s'inclinait, agité
comme par un vent d'orage et semblait prêt à
s'effondrer.

— C'est même ce qui arriva un soir.

Le chalet du « Lapin chahuteur » s'aplatit
comme un château de cartes...

Sans écraser hélas ! les gens qui s'y trouvaient.

Versons « un pleur » sur ce double accident et
passons.

Au-devant du bâtiment se trouvait la porte
d'entrée, pratiquée en manière d'arc de triomphe
dans le treillage et jamais fermée ; au-dessus de
cette porte l'enseigne représentait un lapin botté,

fumant et se livrant à un entrechat des plus fré-
nétiques. Quelques tables boiteuses sous des arbres maigres ou morts, une escarpolette, complétaient l'agencement.

Où couchait le patron de l'endroit ?

Nulle part.

Le jour, il se contentait pour dormir d'une
table et la nuit... il avait bien autre chose à faire ?

Un verre de vitriol pour se remettre et il n'y
paraissait plus.

Quand Hippolyte arriva, il entendit d'abord de
grands cris. Sans deviner si la personne qui les
jetait riait aux éclats et se plaignait seulement d'être assassinée, il avança et aperçut les
deux femmes qui se disputaient l'escarpolette,
tandis que les hommes rigolaient autour d'elle
à se tordre. Il y avait là le Chef, Ventre-
d'Osier, Jambe-de-Coq et plusieurs autres amis,
même Trou-d'Balle, un *zig* qui avait été assez
bien dans son temps, mais une balle reçue sans
qu'il voulût dire comment, lui avait percé les
deux joues en lui cassant cinq dents, en sorte
que son aimable sourire était devenu une abominable grimace.

Voilà pourquoi on l'appelait Trou-d'Balle.

— A moi ! disait Phrosia.

— Jamais de la vie ! répondait Niniche.

Le second chignon s'appelait Niniche.

— Lâches-tu ?

— Non.

— Oh ! la mâtine !

— Je te fiche quelque chose !

— Bravo ! criaient les hommes, xi... xi... mords-la...

— Je te pince.

— Pas de bêtise, hé, je suis chatouilleuse... oh ! oh ! hi ! hi... Ah ! cré chien ! nom de nom !

Et tout en riant, en se bousculant ainsi, les deux femmes cherchaient à enjamber l'escarpolette et à chaque essai infructueux les hommes redoublaient de rire.

L'arrivée d'Hippolyte interrompit cette aimable occupation.

— Polyte ! crièrent à la fois Jambe-de-Coq et Ventre-d'Osier.

— Ah ! Polyte ! firent les autres.

— Tu t'es donc décidé ?

— Eh ben oui... et me voilà... en avant la rigolade !

— Allons donc... garçon !... une absinthe pour
homme et qu'ça déborde !...

Tout en sirotant son perroquet, Hippolyte lor-
gnait Phrosia qui le lui rendait bien, sans oublier
pourtant Jambe-de-Coq ni même Trou-d'Balle et
la compagnie.

Polyte était enchanté.

— C'est donc moi qui vous mets à la glace,
dit-il enfin ; depuis que je suis arrivé on ne rit
plus, on ne batafole plus.

— Oh ! monsieur, fit Phrosia d'un air pincé...
au contraire.

— Eh ben, alors, en avant les amours !

Et, s'avançant d'un air empressé, il s'empara
de l'escarpolette.

— Qui que je balance ? dit-il.

— Moi, fit Phrosia.

— Non, non, répondit Niniche, achevant de
remettre sa jarretière, me voilà.

— Trop tard !

— Tu me revaudras cela !

— Bon ! chacune son tour, il y en a pour tout
le monde.

Et, ce disant, Hippolyte se mit en devoir de
lancer la belle dans les airs ; mais après un pre-

mier coup peut-être trop allongé et comme il allait se redresser pour donner le second, Jambe-de-Coq, lui ramassant la jambe, l'envoya tomber à dix pas sur le ventre et le nez dans le sable.

Les rires éclatèrent de toutes parts.

— Pardon, excuse, ajouta gravement Jambe-de-Cop, je suis le cavalier de madame, c'est à moi que revient l'honneur de la divertir.

Polyte se releva.

Il se tâta pour savoir, d'abord, s'il n'avait rien de cassé, ensuite, s'il essayerait de casser que-que chose à son rival ; mais celui-ci, tout en ba-lançant Euphrosia, le regardait en dessous, prêt à la riposte.

Polyte jugea prudent de s'abstenir.

Et il revint, tout rechigné, parmi les hommes qui entouraient l'escarpolette.

Phrosia s'enlevait, retombait, s'enlevait encore, les jupes au vent, poussant de petits cris de satisfaction et d'effroi tout ensemble sans qu'il osât la regarder, tant il se sentait honteux d'avoir été « tombé » devant elle, quand tout à coup :

— Elle l'attrapera, fit le Chef.

— Non !

— Si !

— Je parie un verre !

— Elle l'attrapera ! dit un autre.

— Elle ne l'attrapera pas !

— Ça y est !

Juste au moment où Polyte levait les yeux pour savoir ce dont il s'agissait, il aperçut le soulier de Phrosia qui, lui effleurant légèrement le front, faisait en l'air voltiger sa casquette. Malheureusement le soulier avait un talon, un très haut talon, presque une échasse, et si l'heureux coquin put voir la jarretière d'Euphrosia comme il avait déjà guigné celle de Niniche, il aperçut aussi trente-six chandelles, car le talon, le prenant par le menton, l'envoya tomber à dix pas, mais cette fois sur le dos.

On ne riait plus, non, on éclatait autour du pauvre Polyte, le Chef et Ventre-d'Osier se roulaient dans le sable, Jambe-de-Coq, n'en pouvant plus, laissa aller Euphrosia qui eut toutes les peines du monde à se maintenir sur l'escarpolette.

Polyte, toujours par terre, faisait le mort.

— Nom d'un chien ! Je lui ai peut-être fait mal, dit Euphrosia en s'approchant, tu souffres, hein ?

— Oui, répondit tout bas Polyte.

— Puisque c'était pour rire.

8

— Ça me fait mal tout de même.

— Pleure pas, je te revaudrai ça... Je suis bonne fille, moi, et tu ne perdras rien pour attendre.

— Hein ?

— Chut... Viens me voir demain.

— Où ?

— Rue Claquemiche, 7.

— Bon.

— Que dit-il ? demanda Jambe-de-Coq, inquiet d'un si long dialogue.

— Il dit qu'il se fait l'heure de dîner.

— Oui ! s'écria Polyte en sautant de joie, je vais vous montrer que madame ne m'a pas déraciné les mandibules, à table !

Et l'on se précipita en se bousculant vers la salle du festin.

Le repas fut des plus copieux.

Après un potage où Trou-d'Balle proposa, — en manière de plaisanterie, bien entendu, — d'organiser une partie de pêche à la ligne, on mangea des côtelettes découpées sur un grand chien du voisinage, lequel éprouva de cette soustraction un si violent déplaisir qu'il en mourut. Puis une omelette qui aurait pu être très bonne si les œufs n'avaient fait mine de se sauver tout seuls au moment où le cuisinier les cassait pour les mettre dans la poêle; mais ledit cuisinier avait la poigne solide et bon gré, mal gré, il les y plongea, avec un bout de chandelle. Après l'omelette vint, — pas tout seul, — un chat sauté, volé pour la circonstance. L'hôtelier volait aussi des lapins, mais il les vendait à la Halle. Halte là! Au « Lapin chahuteur » c'était comme cela, les lapins ne se mangent pas entre eux. Enfin, la gibelotte fut suivie d'une salade où il y avait de tout, excepté de la salade, d'un fromage que le Chef attacha avec une corde pour qu'il ne fît pas comme les œufs, et d'un café, on ne vous dit que cela! avec petit verre, rincette, sur-rincette, bouquet et consolation.

Chacun but son litre.

Quelle noce, mes amis !

Pendant que ces gens se livraient à leur sardanapalesque bombance la nuit tombait, les quinquets avaient remplacé, — assez mal d'ailleurs, — le soleil, et le crincrin, avec son complice le trombone et un flageolet de renfort, appelaient à la danse les habitués du lieu.

— Si nous gigotions un léger cancan ? proposa le Chef.

— Ça y est, répéta-t-on en chœur.

— Oui, mais avant, encore un petit verre ?

— Plusieurs petits verres !

Après avoir bu leurs derniers petits verres et soigneusement vérifié s'il ne restait rien dans les bouteilles, nos gens montèrent dans la salle du bal, déjà pleine de monde, d'odeurs rances et de fumée de tabac.

Là on se remit à boire du vin chaud autour d'une petite table.

Polyte avait invité Euphrosia pour la première.

— C'est assez d'une, murmura Jambe-de-Coq en les voyant revenir à leur place.

Polyte, au lieu d'écouter cela et d'en profiter, embrassa sa danseuse.

— C'est trop ! grommela Jambe-de-Coq.

Mais quand il vit Hippolyte, emporté par sa folle passion, avancer vers Euphrosia une main amoureuse.

— Nom de nom ! s'écria-t-il.

Et prenant la table par le pied il la retourna sens dessus dessous sur la tête d'Hippolyte, et l'en coiffa de telle sorte que ce malheureux s'abîma entre les bâtons de sa chaise et d'informes débris de verre et de faïence cassés.

Il en résulta un tumulte inexprimable.

Hippolyte s'étant relevé sauta sur Jambe-de-Coq et le terrassa à son tour.

Un cercle d'amateur se forma aussitôt autour d'eux.

Longtemps on vit ces deux hommes se rouler sur le sol, geindre et se bourrer de coups de poing ; tantôt Hippolyte avait le dessus, tantôt Jambe-de-Coq, mais la victoire n'était jamais définitive ; le parquet gémissait sous leur poids et se teignait de leur sang.

Euphrosia était radieuse !

Lorsqu'ils furent à bout de forces, les amis se décidèrent à les séparer.

Et l'on se remit à danser.

Il y avait peut-être une heure que cet événement s'était accompli, on n'y pensait plus, même Phrosia sautait avec le Chef, et Niniche avec Ventre-d'Osier, lorsqu'on vit revenir Hippolyte l'œil hagard, furieux.

Avant de danser il avait accroché sa casquette à un clou, et l'ayant oubliée il revenait la reprendre.

— Ousqu'est ma casquette ? demanda Hippolyte.

— Quelle casquette ? fit Ventre-d'Osier.

8.

— La mienne.

— Ousque tu l'avais mise ? cria Trou-d'Balle.

— Là.

— Elle n'y est plus.

— Je le vois bien.

— On demande la casquette à Polyte !

— La casquette ! la casquette !

— Nom de nom ! ousqu'est ma casquette... qui qui m'a fait ma casquette ?

Tandis que Polyte cherchait sa casquette sur toutes les tables, sur toutes les têtes, et jusque dans les jambes des danseurs, ceux-ci se mirent à chanter en chœur :

As-tu vu la casquette,
La casquette !
As-tu vu la casquette
Au p'tit Polyte.
Si tu ne l'as pas vue la voilà !
Mon ami, la voilà !

C'étaient des rires, des cris, un charivari à tout rompre. Le chalet en oscillait sur sa base.

Las de chercher en vain, Polyte se décidait à se retirer, lorsqu'il aperçut devant lui Trou-d'Balle qui, sifflotant un petit air, le cigare au bec, et

les deux mains dans les poches, descendait l'escalier, une casquette sur la tête.

— La v'la, dit-il.

Et d'une main saisissant cette casquette, de
l'autre lançant un formidable gnon, il renversa
Trou-d'Balle, sauta par-dessus lui et gagna les
champs.

— Au voleur ! gémit Trou-d'Balle.

— Au voleur ! répétèrent cent voix.

Et Polyte entendit aussitôt courir après lui.

La peur lui donnant des ailes, il franchit deux
fossés, tomba dans un trou, où il faillit se rompre
les os, mais il se releva aussitôt ; défonça d'un
coup de tête la poitrine à un invalide qui voulait
lui barrer le passage ; culbuta une marchande de
macarons avec toute sa marchandise, et enfin,
épuisé, haletant, mais ayant échappé à ses adver-
saires, il entra dans un café en criant :

— Victoire !

Puis, campé droit devant une glace et d'un geste
superbe, il se coiffa de la casquette, prix de tant
d'efforts.

O stupéfaction !...

La casquette lui tomba jusque sur les épaules.

Ce n'était pas la sienne.

X

LA FLÈME

Tandis que ces événements s'accomplissaient, la mère Tampon, assise dans son comptoir, les jupes étalées, l'air important, comme il convient à une commerçante qui fait bien ses affaires, achevait de tailler une bavette avec quelques commères du voisinage.

— A-t-il fait un temps ? hein, disait l'une.

— Ne m'en parlez pas, répondait l'autre.

— Faut dire aussi qu'on n'est jamais content.

— Ça, c'est vrai.

— L'un voudrait de la pluie, quand l'autre demande du soleil.

— Même que cela doit bien embarrasser le bon Dieu.

— S'il y en a un, madame Tampon.

— Moi, je crois qu'il y en a un.

— Moi j'aime mieux le croire que d'y aller voir.

— Ah ! ah ! je vous écoute... on n'en revient pas de ce pays-là. C'est drôle tout de même que jamais personne ne soit revenu de là-haut, dire comment les choses s'y passent...

Enfin on parlait de cela et de bien d'autres choses tout aussi intéressantes et nouvelles.

Toinette, dans la soupente, allait, venait, préparant le repas du soir, jouant en même temps avec Églantine.

Tout à coup l'enfant se mit à crier.

— Qu'est-ce qu'il y a? demanda madame Tampon, inquiète.

— Il y a, répondit Toinette, qu'Églantine veut saler le fricot.

— Eh bien ! laisse-la faire.

— Oui, mais elle veut mettre toute la salière !

— Qu'est-ce que ça fait ?

— Comment, qu'est-ce que ça fait ?

— Mets, ma Titine, mets le sel et le poivre et la moutarde, et tout ce que tu voudras, ça n'en sera que meilleur. Faut bien céder quelque chose aux enfants, continua madame Tampon, en s'adressant cette fois aux commères, quand on veut avoir la paix.

Mais Toinette avait son amour-propre de cuisinière.

Elle continua à défendre son œuvre contre Églantine, qui forte de l'appui de la grand'mère, s'obstinait; une lutte s'ensuivit et dans cette lutte Églantine tomba sur son derrière en répandant le sel autour d'elle.

Sa stupéfaction fut extrême.

Elle se mit à pousser des cris terribles.

— Qu'est-ce qu'il y a encore? exclama madame Tampon. Grande bête, veux-tu laisser cette enfant tranquille!

— Il y a, répondit Toinette, que tout le sel est reversé.

— Le sel est...

— Renversé...

— Renversé! Ah! mon Dieu... renv... et quittant brusquement sa compagnie, la mère Tampon gravit l'escalier aussi vite que le lui permettaient ses vieilles jambes en répétant... Renversé... le sel... renversé...

Quand elle arriva, Toinette avait déjà effacé les traces de ce terrible accident.

— As-tu au moins rejeté une pincée de ce sel par-dessus l'épaule de la petite? demanda madame Tampon.

— Non, grand'mère, répondit la jeune femme.

— Ah !... tu as eu tort, grand tort...

— Je ne savais pas...

— Tu ne savais pas que cela conjure le sort?... Ah ! mon Dieu, mon Dieu... Il nous arrivera quelque chose pour sûr !

Toinette acheva de mettre la table.

C'était appétissant, gai à voir, et pourtant, madame Tampon restait silencieuse, l'accident de la salière ne lui sortait pas de l'esprit.

Le soleil cessa d'illuminer la soupente et fut suivi d'une clarté plus douce, précédant le soir.

L'heure sonna où Polyte avait coutume de rentrer et...

Polyte ne rentra pas.

On attendit.

— M. Aubry l'aura envoyé loin, murmura Toinette.

— Ah ! ouiche ! fit la mère Tampon.

— Ça arrive.

— ... Des fois, possible, mais aujourd'hui.

— Il se sera attardé, avec des camarades, à faire un cent de piquet.

— Plutôt ça... quoique...

. . . .

— Et Polyte, qui n'arrive pas...

— Et la petite qui bâille !... elle a faim c't' enfant... Allons donne-lui à souper et couche-la... là... dans mon lit... Nous ?... eh bien, nous attendrons...

On fit souper et coucher Églantine.

Pendant ce temps la nuit tomba tout à fait.

Les deux femmes se regardaient, effarées, n'échangeant plus que des mots sans suite.

— Si j'allais voir jusque chez M. Aubry ? demanda Toinette.

— Oui, vas-y, répondit madame Tampon, car, vrai, je n'y tiens plus moi-même.

Toinette partit.

Quand elle revint, elle trouva madame Tampon assise et silencieuse, à la même place.

— Eh bien ?

— Eh bien, répondit Toinette, on l'a envoyé aux Champs-Élysées et il n'est pas revenu... ici non plus ?

— Non.

— Si j'allais voir aux Champs-Élysées ?...

— Oui... Il est peut-être tombé en bas du bâtiment !

— Oh ! mon Dieu !... Que me dites-vous là, mère Tampon !

— Le sel ! Je te dis qu'il y a un malheur d'arrivé.

— Je cours.

— Tu sais... Il y a par là un hôpital... Demande aussi aux sergents de ville... au commissaire... J'ai envie d'aller avec toi !

— S'il revient, il ne trouvera personne alors...

— Tu as raison.

Et restée seule, la bonne femme retomba dans ses réflexions.

Une heure, deux heures encore se passèrent.

Tout à coup, elle entendit la porte de la boutique s'ouvrir et des pas lourds ébranler l'escalier.

— C'est toi, Polyte ? cria madame Tampon, en se levant.

Polyte la repoussa durement.

— Comme il fait noir ici ! dit-il.

— Oui, je...

— Il n'y a donc pas de chandelle, dans la baraque?

Quoique tremblant encore d'émotion, madame Tampon finit par allumer la lampe.

— Ah !... fit-elle en apercevant son fils, pâle, les vêtements en lambeaux.

— Quoi ? répondit ce dernier.

— Dans quel état es-tu !

— Et puis après ?...

— Que t'est-il arrivé, grand Dieu ?

— Qu'est-ce que cela te fait?

— Cependant...

— En v'là assez, fiche-moi la paix, zut !

Madame Tampon retomba, toute saisie, dans son fauteuil.

— Où est Toinon ? demanda ensuite, Hippolyte.

— Me voilà, répondit celle-ci, en montant à son tour l'escalier.

Polyte se versait, en ce moment, une large rasade de vin.

— C'est pas dommage, continua-t-il, il y a assez longtemps que je t'attends.

— Ah ! Dieu !

— Encore !

— Du sang... tes vêtements...

— Vas-tu fermer ta boîte à sottises, nom de nom d'un petit bonhomme ! crée potence ! vas-tu me laisser tranquille ? J'ai pas de comptes à rendre aux femmes ! Du flan ! — D'où viens-tu, à une heure pareille ?

— J'étais allée te chercher.

— Pourquoi me chercher ?

— Parce que nous étions inquiètes de toi.

— Où ça me chercher ?

— Chez M. Aubry d'abord, aux Champs-Élysées ensuite, M. Aubry m'ayant dit qu'il t'avait envoyé aux Champs-Élysées.

— Je ne veux pas qu'on me cherche aux Champs-Élysées.

— Il pouvait t'être arrivé malheur.

— Que t'a-t-on dit aux Champs-Élysées ?

— Dame !... En interrogeant les sergents de ville...

— Les sergents de ville, les sergents de ville ! Je ne veux pas qu'on interroge les sergents de ville... alors.

— Alors... ils m'ont dit que tu avais laissé là ta charrette, qui avait été conduite en fourrière, et un marchand de vin, auquel ils m'avaient adressée, a ajouté que tu avais dû aller rejoindre des camarades.

— Ah! gueuse! Ah! coquine! C'était pour m'espionner que tu allais aux Champs-Élysées, pour voir si je n'étais pas avec des femmes. Ah! nom de nom! Ah! cré coquin! si je t'avais aperçue par là, quelle tripotée tu aurais reçue!

— Mais, Polyte!

— Il n'y a pas de Polyte qui tienne.

— Je te jure que je ne pensais pas à ça, et même, en apprenant que tu étais avec des amis, je suis revenue ici tout de suite.

— Mais enfin, essaya de dire madame Tampon, il me semble que...

— Tais-toi... toi!... Je ne t'interroge pas, exclama Polyte en frappant du poing sur la table.

— Veux-tu manger? continua doucement Antoinette, essayant ainsi de détourner la conversation.

— Non.

— Tu as dîné?

— Oui.

— Mange, toi, dit madame Tampon, en s'adressant à la jeune femme.

— Puisque j'ai dîné, répondit Polyte.

— Il a même bu aussi.

— Moi... bu... Ah ! nom de nom ! Dis pas cela, la vieille, ou je casse tout ici !

Les deux femmes tremblaient.

— Je veux me coucher.

Antoinette se leva.

— Sans manger ? murmura la mère.

— Je n'ai guère faim, répondit Toinon.

— Eh bien, faut-il le dire deux fois... en avant marche ! continua Polyte.

Antoinette fouilla dans sa poche pour voir si elle avait bien la clef de son logement et elle partit, suivie d'Hippolyte, qui se tenait aux murs pour ne point tomber.

La chambre qu'habitaient les jeunes époux, était située de l'autre côté de la rue, en face de la fruiterie, mais il fallait pour y accéder remonter trois étages d'un escalier fort raide et obscur.

Hippolyte était à bout de forces.

— Pas besoin... pas besoin de femme, grommelait-il, à chaque chute qu'il faisait.

Les voisins arrivèrent au bruit.

Les femmes en jupons, les hommes en bonnets de coton, tous une lumière à la main.

— C'est Polyte, répondait Toinette, qui s'est

laissé tomber en bas d'une échelle, dans un bâtiment et il rentre bien malade, oh ! bien malade !

— Fichez-moi la paix tous ! grommelait Hippolyte.

Quand il fut rentré et couché, il se sentit plus
mal encore.

Antoinette s'empressa de lui faire de la tisane.

— Qu'est-ce que c'est que ça ? fit-il, en voyant
le bol approcher de ses lèvres... du vin ?

— Non... de la tisane.

— Pas besoin de tisane.

— C'est bon pourtant... tiens... goûte...

— Je n'en veux pas que je te dis.

— Puisque c'est bon.

— C'est bon ?

— Oui... et bien sucré.

— Sucré !... Eh bien, bois toi-même... Faut rien
perdre.

Antoinette but la tisane.

Et Polyte s'endormit profondément.

Quand Polyte ouvrit les yeux, il était encore
tout abruti de sa ribote de la veille, sans force,
sans idées, en proie à ce malaise indéfinissable
que ceux qui sont coutumiers du fait appellent
« un mal aux cheveux abominable ».

—Tu ne te lèves pas? lui dit doucement Toinette.

— Non...

— Il est l'heure.

— Qu'est-ce que ça me fait !

— Et M. Aubry?

— Qu'il aille au diable !

— As-tu besoin de quelque chose ?

— Oui... fiche-moi... la paix.

Toinette se retira doucement, pour laisser son époux dormir à l'aise.

Mais Polyte ne pouvait pas plus dormir que s'éveiller tout à fait. Dès que la jeune femme eut refermé la porte sur elle, il se tourna et se retourna dans son lit, bourra son oreiller de coups de poing et finalement se leva pour boire.

— Pouah ! fit-il après avoir avalé une gorgée d'eau, que c'est mauvais!

Son palais, sec comme bois, ne lui renvoyait que des sensations insipides.

Il alluma une pipe et l'envoya de colère se briser sur le carreau, toussa, cracha, jura, passa son pantalon en oubliant une bretelle, et après avoir achevé de s'habiller, opération qui dura bien une heure, il sortit à son tour en bâillant et se détirant les bras.

Son intention était d'aller à l'atelier.

En se grattant la tête il cherchait ce qu'il pourrait bien dire à M. Aubry pour s'excuser, quand, chemin faisant, il rencontra deux camarades qui l'entraînèrent prendre quelque chose.

On joua, au tourniquet, des consommations à n'en plus finir.

Quand Polyte revint à la fruiterie, il trouva sa mère et sa femme, fort tristes, causant à voix basse, assises toutes deux dans le comptoir.

— J'ai pas bonne idée de ça, disait la mère Tampon.

— Une fois par hasard...

— Ta ta... c'est pas une fois par hasard, et voilà bien des fois, au contraire, que ça arrive. Je te le dis, ton homme se dérange...

— Eh bien? fit la mère Tampon.

— J'ai mon sac, répondit Polyte.

— Tu as donc été à l'atelier? répondit Toinette.

— Oui... J'ai vu M. Aubry... je lui ai dit que j'avais été indisposé... des étourdissements qui... ce qui m'avait obligé de laisser là la charrette. Indisposé! qu'il m'a répondu.

— Pardine! fit madame Tampon.

— Eh bien, est-ce qu'on ne peut plus être indisposé, maintenant ?

— Sans doute, mais on voit bien que...

— C'est ce qu'il m'a dit, le patron, il a ajouté : Indisposé, vous êtes encore gris !

— Na !...

— Gris !... que j'ai répondu... gris... moi, gris !... Règlez-moi mon compte, et que ça finisse.

— Et il t'a réglé ton compte ?

— Oui.

— Te voilà bien avancé !

— Faut pas qu'on m'embête, moi ! Ah ! mais...

— Tu perds une bonne boutique.

— Laisse-moi donc !... M. Aubry... un homme qui exploite l'ouvrier ; un soiffeur de sang, un bouffeur de sueur... Ah ! si les patrons n'avaient pas d'ouvriers...

— Oui, mais si les ouvriers n'avaient pas de patrons ?

— Avec ça qu'il en manque des patrons !... J'en retrouverai autant que je voudrai, treize à la douzaine.

— Nous verrons ça...

— Pour sûr... Oh ! que j'ai mal à la tête !

9.

Et comme Hippolyte s'accoudait sur le comptoir pour dormir :

— Va te coucher, dit la mère, tu seras mieux dans ton lit, et ce sera plus propre que de pioncer ici.

En effet, Hippolyte retrouva de l'ouvrage.

Les ateliers ne manquent pas.

Mais dans l'un, on ne faisait pas le prêt ; dans l'autre, il fallait trop masser ; un troisième était trop éloigné ; et n'entrant quelque part que pour en sortir presque aussitôt, Polyte s'habitua peu à peu à ne travailler que trois ou quatre jours par semaine.

Que faire quand on ne travaille pas, sinon boire ?

Comment boire sans se griser ?

Trois ou quatre fois par semaine, Polyte rentrait donc gris, non pas à rouler, bien sûr, on n'atteint pas du premier coup une telle perfection, mais de cette ivresse basse et méchante que donnent ce vitriol et ce vert-de-gris qu'on débite chez les mastroquets, sous le nom d'eau-de-vie ou d'absinthe, ivresse d'une âme qui rampe et se complaît dans le mal comme le porc dans sa fange.

Quand Polyte avait travaillé, au lieu de souper

gaiement comme autrefois et d'achever la soirée
en fumant sa pipe, en faisant une partie de cartes
avec sa mère ou avec Toinette, il jetait autour de
lui des regards chargés d'ennui et grognait jusqu'à ce qu'il allât se coucher.

Mais quand il avait bu, il s'obstinait à rester
dans la boutique, riant bêtement aux pratiques,
plaisantant même avec celles qui lui semblaient
gentilles, jusqu'à ce que madame Tampon, que
ces scènes agaçaient singulièrement, le mît à la
porte.

Alors, il aurait fait une scène dans la rue, si
Toinon ne l'avait emmené.

Des idées étranges hantaient le cerveau du misérable.

Quand Églantine venait l'embrasser, il lui prenait l'envie de casser à cette enfant les bras, les
jambes, comme il aurait fait d'allumettes... mais
elle aurait crié.

Et comme Toinon ne criait pas, elle, il se satis-
faisait en lui bourrant de temps en temps des
coups de poing dans les côtes...

La première fois que ceci arriva :

— Pourquoi me bats-tu, demanda Toinon... que
t'ai-je fait ?

— Ça me plaît de te battre, chacun prend son plaisir où il le trouve.

— Polyte...

— Polyte ! Polyte ! continua le vaurien en se rengorgeant... Encore bien heureuse de m'avoir... sans moi... tu serais morte... ta fille serait sans père... ou vous manqueriez de pain toutes les deux... A propos de ça... donne-moi quelques sous pour mon tabac !

Toinon réfléchit, une larme tomba de ses yeux, et ce fut tout ; la pauvrette se dit qu'après tout, les femmes étaient peut-être sur terre pour être battues...

Dans son abrutissement, Polyte faisait d'Antoinette comme, un enfant, d'un jouet : après l'avoir aimée, choyée dans son neuf, la satiété étant venue, il s'amusait à la casser.

Peu à peu, Polyte ne travailla plus.

En proie à ce mal que tant d'ouvriers puisent au fond du verre, il avait la flème : dégoût de toutes choses et surtout du travail, énervement fatal, qui ne laisse de forces que pour le crime.

Mais comme madame Tampon n'entendait pas de cette oreille, qu'elle faisait à son fils des scènes perpétuelles, refusant de lui donner de l'argent

et prétendant, au contraire, en recevoir, mena-
çant à chaque instant de ne plus lui fournir à
manger...

Il tâcha de se créer de petites ressources, sans
prendre trop de fatigue.

Il se fit porteur dans les marchés aux fleurs,
marchand de contremarques.

Il cria des programmes, le soir, à la porte des
théâtres...

Des programmes de la semaine d'avant, achetés
au kilogr., et qu'il vendait comme étant du
jour, un peu loin des becs de gaz, deux sous aux
malins, quatre sous aux provinciaux, cinquante
centimes aux étrangers. Et comme il avait trouvé,
d'occasion, un lot de pièces fausses, il les passait
aussi en rendant la monnaie.

— Eh ! allons donc...

Non, ce qu'il rigolait en pensant à la tête que
faisaient tous ces gens-là, en se trouvant dans
la main des fausses pièces et un faux programme,
ça ne peut pas se dire.

Malheureusement, ce petit commerce ne pouvait pas durer longtemps.

Alors, il s'engagea avec des camelots pour faire
le guet, il se fit compère de bonneteurs et mar-

chand d'oiseaux des Iles, fabriqués avec de simples moineaux francs qu'on teignait en bleu, en jaune, en rouge, suivant la circonstance.

Un soir, dans une foule, il se hasarda à glisser une main timide dans la poche d'un monsieur.

Le monsieur se retourna brusquement.

— Pardon, fit Polyte en portant à son nez le mouchoir qu'il venait de voler, vous aurais-je heurté, par hasard?

— Nullement.

— J'en serais au désespoir.

— Au contraire.

— Vous permettez ?

— Comment donc.

— Le monsieur s'éloignait.

Polyte s'aperçut alors qu'au travers du mouchoir, il passait les quatre doigts et le pouce, plein d'indignation, il allait... quand un violent coup de pied le souleva à quelques pouces du sol.

C'était le monsieur qui, fouillant dans sa poche et reconnaissant le larcin dont il venait d'être victime, en tirait une vengeance immédiate.

Cela dégoûta Polyte de ces sortes d'entreprises.

Il s'établit alors « écrasé d'omnibus ».

Rien de plus simple :

Vous saisissez le moment où l'une de ces lourdes voitures, embarrassée au milieu d'autres véhicules ne peut ni avancer ni reculer... Vous vous précipitez alors sous les pieds des chevaux, vous criez comme un beau diable, vous vous faites reconduire chez vous, — jamais à l'hôpital, pas de bêtise, chez vous, — et là, vous transigez avec la Compagnie qui, pour éviter tout scandale, paye grassement d'ordinaire.

La première fois Polyte n'eut aucun mal et toucha trois cents francs.

Mais la seconde, il fut maltraité pour tout de bon, bossué à la tête, froissé au fémur, luxé aux genoux ; et il n'obtint rien du tout... que des injures de la part de madame Tampon.

— Feignant, disait-elle chaque fois qu'elle l'apercevait.

— Mais, m'man... Je souffre.

— C'est pas vrai.

— Regarde... tiens... c'est noir... Oh ! là là !

— Eh bien, oui... mais tu aimes encore mieux souffrir que travailler !

— Si on peut dire !

— Tais-toi... le premier accident, passe...

— D'abord il a rapporté !... mais.

Mais la seconde fois tu l'as fait exprès... Tais-toi,
tu l'as fais exprès que je te dis... Dieu ! si tu avais
pu être écrasé pour tout de bon, quel débarras !

Et il s'ensuivait des querelles terribles qui
toutes retombaient sur la pauvre Antoinette, ac-
cusée par la mère de soutenir Polyte dans la fai-
néantise, par Polyte d'exciter madame Tampon et
de ne pas lui soutirer assez d'argent.

Qu'étaient devenues les joies du jeune ménage ?

La pauvre Églantine, n'entendant plus que des
cris et des jurons, ne savait que faire ni ou se
cacher.

Le premier jour que Polyte put sortir c'était la
fête d'Antoinette ; il rentra complètement ivre et
avait l'air tellement furieux que tout le monde
trembla.

— Allons coucher, fit-il.

— Toinon embrassa la mère Tampon, puis
Églantine, et partit devant, monta l'escalier et
entra dans la chambre.

— J'ai trouvé un emploi, fit Polyte en se désha-
billant.

— Ah !

— Oui... un directeur de ma connaissance m'embauche, cent sous par jour.

— Pour ?...

— Pour avaler des sabres.

— Avaler... er... des...

— Eh bien oui... c't'imbécile... elle ne sait pas ce que c'est qu'avaler un sabre !... Le difficile n'est pas de l'avaler, ça tout le monde le peut faire... mais faut que je le rende sous forme de baïonnette... Tu ris...

— Dame !...

— Je ne veux pas qu'on rie... Eclaire-moi mieux que ça, mieux que cela, je te dis...

Et, comme Toinon approchait avec sa bougie, le bruit d'un soufflet retentit.

— Merci ! fit Toinette.

— Il n'y a pas de quoi.

— C'est pour ma fête sans doute !

— C'est donc aujourd'hui ta fête ?

— Oui.

— En ce cas approche, et comme j'aime à bien faire les choses en voilà un second.

— Merci... Polyte.

— Bonsoir... et ne pleure pas, j'aime pas qu'on pleure.

— Non... je ris au contraire, tiens... regarde.

— Je ne veux pas qu'on rie non plus, sacrebleu !

— Toinon riait en effet, mais en sanglotant.

Quand elle descendit le lendemain :

— Eh bien ton homme, que t'a-t-il dit? demanda madame Tampon.

— Rien.

— Et pour ta fête que t'a-t-il donné?

— Rien.

— Oh! le gueux!...

Polyte avait naturellement essayé d'aller rue Claquemiche.

La première fois il rencontra devant la maison Jambe-de-Coq qui, en le voyant approcher, se mit à rouler des yeux tellement furieux que Polyte tourna les talons, incontinent.

La seconde, il ne rencontra personne du tout.

La troisième...

Il n'avait pas fait quatre pas dans la rue qu'il se trouva nez à nez avec Euphrosia, plus attrayante, plus rouge de cheveux que jamais... mais...

Jambe-de-Coq était à son bras.

L'éternel Jambe-de-Coq avec une cravate toute neuve et au doigt une bague énorme qu'il montrait avec affectation :

— Pas de chance !

Interloqué au possible, Polyte ne put que balbutier ces mots :

— Prenons-nous un verre ?

C'était une manière comme une autre de se
donner une contenance.

— Ça ne se refuse pas ! répondit Jambe-de-Coq.

Et l'on entra chez le mastroquet le plus proche.

— A la santé ! fit Euphrosia.

— A la santé, répétèrent les deux hommes, en
trinquant comme si rien ne s'était passé entre eux.

— Et pour le moment qu'est-ce que tu fais ?
demanda Jambe-de-Coq.

— Je travaille, répondit Polyte, j'ai une petite
corvée qui m'attend de l'autre côté de l'eau.

— Imbécile !

— Et toi ? donc.

— Moi ! je fais rien.

— Et ça te rapporte ?...

— Beaucoup... Tu vois, ajouta Jambe-de-Coq en
montrant sa bague... Euphrosia ne se plaint pas
non plus.

— Je crois ben ! fit Euphrosia, mon petit homme
m'a encore payé ce matin des bottines... presque
neuves... aussi je l'aime !...

— Et l'outil pour ne rien faire?...

— Le voilà.

Ce disant, Jambe-de-Coq montrait un couteau à virole qu'il passa et repassa sous le nez de Polyte.

— Si le cœur te dit de reprendre notre conversation de l'autre jour ?

— Non.

— Tu taffes?...

— ... Voyons, pas de bêtises... entre amis.

Euphrosia récompensa par un baiser qui claqua comme une vitre qu'on casse, celui qui se montrait le plus brave.

— Elle l'aime! pensa Polyte. Et tout haut il ajouta pour détourner la conversation :

— Comment va le Chef?

— Pas mal... Il t'attend toujours...

— Où?

— Eh ben mais... tu sais... au « Lapin chahuteur »... c'est là qu'on se réunit... Tu as peur aussi de Trou-d'Balle, hein? Viens donc, tu payeras un litre et il ne t'en voudra pas plus que moi.

— Eh bien, j'irai.

— Si ta femme veut bien te le permettre ! ajouta Jambe-de-Coq en se levant.

— Si elle n'a pas besoin de vous pour chauffer les langes de sa petite? dit aussi Euphrosia en éclatant de rire.

— J'irai que je vous dis... et pas plus tard que ce soir.

Resté seule en face de sa bouteille vide, Polyte ne poussa qu'un juron.

— Cré nom !

Mais il demanda une seconde bouteille.

— A-t-il de la chance, pensait-il tout en buvant, ce Jambe-de-Coq ! Pas beau pourtant! ah ! fichtre non, et ça nous a des cravates neuves, des bagues à faire loucher l'Obélisque; ça a des femmes chiques quand il me faut, moi, me contenter d'une margoton... ah ! zut ! j'en ai assez de m'esquinter, pour rien... j'en veux aussi des femmes chiques et l'on ne rira plus de Bibi !

A jeun, Hippolyte était lâche, mais comme il était ce soir-là en train de se griser, il retourna au « Lapin chahuteur ».

Deux jours après, le bruit se répandit dans le quartier que M. Aubry, le maître serrurier chez qui Hippolyte avait longtemps travaillé, venait à l'instant d'être assassiné.

Les rues étaient pleines de monde.

On ne parlait que de cela.

Il était près de minuit, la fruiterie était depuis longtemps fermée ; madame Tampon et Toinette, réunies autour d'une petite lampe, causaient de l'événement, en raccommodant des hardes.

L'enfant dormait dans le lit de la grand'mère.

— Quand cela est-il arrivé ?

— Ce soir, il n'y a pas deux heures, répondit Toinette.

— Ah ! mon Dieu ! Et comment ?...

— M. Aubry, après dîner, s'était rendu dans le petit bureau qui se trouve dans son atelier et là, tout seul, il préparait pour demain la paye de ses ouvriers, comme il fait d'habitude enfin, lorsqu'il se mit à crier... à l'assassin... on court et on le trouve...

— Mort...

— Non, pas tout à fait, paraît qu'il a pu distinguer le coupable avant de mourir.

— Et le coupable ?

— Ah !... on ne le connaît pas encore...

— Seigneur Jésus !... Pourvu qu'Hippolyte ne soit pas mêlé là dedans !

— Ah ! madame Tampon !... qu'est-ce que vous dites là ?

— Le sel ! ma pauvre enfant, le sel !...

— Polyte peut être un peu... flâneur, aimant la bonne chère et la bamboche, mais il est incapable d'une chose pareille.

— Cet homme nous fera mourir de honte.

— Madame Tampon !

— Il périra sur l'échafaud.

— Vous le voyez pire qu'il n'est !

— Ah ! oui, son pauvre père est bien heureux d'être mort... où est-il, à cette heure, ton Polyte ?...

— Je ne sais, il m'a dit qu'il avait une corvée à faire... loin d'ici... et que...

— Cruche !

— Dame ! je crois ce qu'il me dit, moi... et même... le voilà...

— Oui, c'est lui...

Polyte en effet montait l'escalier.

Il arriva, pâle, claquant des dents, les yeux presque hors de la tête... et se laissa tomber sur un siège plutôt qu'il ne s'assit... écoutant, le cou tendu, avec une anxiété horrible.

— Eh ben, qu'est-ce que tu as, toi ?... dit la mère... se mettant à trembler comme lui...

Polyte essaya vainement de répondre, la voix ne pouvait sortir de sa gorge.

— Parleras-tu? continua la mère.

— Tais-toi donc !... exclama enfin Polyte et avec un regard de bête fauve... Les v'là... ajouta-t-il...

Au même instant la porte de la boutique céda sous une pression violente, des pas s'entendirent dans l'escalier, nombreux et précipités... des sergents de ville apparurent suivis d'autres personnes.

En moins de temps qu'il n'en faut pour le raconter, Polyte fut saisi et garrotté.

— Qu'est-ce que vous voulez à mon fils? s'écria la vieille chez qui le sentiment maternel reprenait le dessus.

— C'est lui, répondit un agent, qui a assassiné M. Aubry. Tenez...

Et, ce disant, l'agent fouilla dans les poches de Polyte, et en tira une poignée de billets de banque, tout maculés de sang.

— Lui... lui... un assassin... lui...

Saisie d'horreur, madame Tampon se leva toute droite, étendit les bras et tomba à la renverse...

On entraîna Hippolyte.

Dans la rue le misérable voulut échapper aux mains qui le tenaient et il se mit à frapper autour de lui, hurlant, mordant, se tordant comme un serpent.

Au moment où il venait, à coups de dents, d'arracher à un agent la moitié de la joue, un petit homme, grêle d'aspect... à la voix nasillarde, apparut et cria :

— Qu'y a-t-il, sang-Dieu ?

— C'est un assassin qu'on arrête.

— Un assassin ?

— L'assassin de M. Aubry.

— Un grand criminel... par la mort-Dieu, messieurs de la police, ayez plus de soins, plus d'égards, je vous prie... Le criminel est un être sacré... inviolable... et si vous ne mettez pas plus de formes avec lui... je ferai ma plainte... ah ! mais !... je suis membre de la Société du Repentir et...

Il ne put achever sa harangue, Polyte l'ayant d'un coup d'épaule envoyé s'asseoir dans le ruisseau.

Ce petit homme était monsieur le Commandeur.

XI

L'ŒUVRE DU REPENTIR

On s'empressa de relever madame Tampon.

Raide, la face livide, avec une écume épaisse et blanchâtre qui s'échappait de ses lèvres, la pauvre femme semblait n'avoir conservé de la vie qu'une respiration étranglée, bruyante. On la plaça sur son lit avec des compresses d'eau froide à la tête et des sinapismes aux pieds.

Le médecin arriva et dit :

— C'est une apoplexie.

Il approuva ce qui avait été fait, prescrivit en outre des sangsues derrière les oreilles, un laxatif et, sans vouloir se prononcer sur le résultat probable de l'attaque, annonça qu'il reviendrait le lendemain.

Quelle nuit passa Toinon !

Le lendemain la malade allait mieux.

Bientôt le médecin annonça qu'elle en serait quitte... quitte ! pour une paralysie et l'abolition à peu près complète de l'intelligence.

Tout en soignant la grand'mère et l'enfant, en courant chez le commissaire, à la Préfecture, à Mazas, Toinon avait tenu la boutique ouverte, mais peu de clientes lui étaient restées, personne ne se souciait de se servir dans la maison d'un assassin. Chaque fois que la pauvre femme ouvrait l'oreille aux propos des autres c'était pour entendre des mots comme ceux-ci : assassin, voleur... assassine... Toinon ne vendant presque plus, abandonna sa fruiterie et se réfugia dans son logement particulier avec madame Tampon et Églantine.

Un matin :

Toinette venait d'habiller l'enfant et tout en lui recommandant d'être bien sage pour ne pas éveiller grand'maman, elle dénouait ses cheveux jadis si beaux, maintenant veinés de blanc et tombant à poignée, quand elle entendit quelques coups discrètement frappés à la porte et la clef tourner dans la serrure.

Elle n'eut que le temps de passer dans le cabinet, puis, soulevant légèrement le rideau qui en
masquait la porte, elle vit entrer, qui?

Raoul.

L'ancien beau, quoique pour des raisons différentes, n'était guère mieux conservé que la pauvre
Antoinette : maigre, jaune, le crâne dévasté, la
poitrine en dedans et vide, il semblait beaucoup
trop à l'aise dans le vêtement noir qui, de la tête
aux pieds, le recouvrait et ce qu'il chercha d'abord
en entrant ce fut une chaise, pour s'appuyer,
tant l'avait fatigué l'ascension qu'il venait de
faire.

— Madame Tampon? demanda-t-il.

Personne ne lui répondant, il répéta :

— Madame Tampon?

Églantine s'était sauvée dans un coin.

La mère Tampon entr'ouvrit alors les rideaux
de son lit... regarda longtemps Raoul avec de
grands yeux fixes et finit enfin par dire :

— C'est moi.

— Vous! continua Raoul... en s'asseyant... madame Tampon fille, ou madame Tampon mère?...
La mère... n'est-ce pas?... Oui, très bien. Je suis,
moi... M. Raoul d'Avrimont, Président de l'OEuvre

du Repentir. Vous connaissez l'œuvre du Repentir... hein?... non... Faites donc du bien au
peuple !... Enfin... Dieu là-haut nous le revaudra
peut-être ! L'Œuvre du Repentir, chère madame,
a été fondée dans le but de venir en aide aux criminels et de les aider à rentrer dans le chemin
de la vertu. Notre comité se compose de M. le
Commandeur de la Ferté, mon oncle par alliance, de madame la marquise des Poirieux,
ma tante par alliance, et de plusieurs autres personnages non moins considérables et considérés,
j'ose le dire. Nous avions le bonheur de posséder
aussi dans notre sein, mon très honoré père,
M. Joseph d'Avrimont, maître de forges, mais il
est mort récemment, chère madame... cela peut
arriver à tout le monde n'est-ce pas et il ne faut
pas lui en vouloir d'avoir ainsi interrompu, malgré lui, le flot... oui, je dis bien le flot des bienfaits
dont il voulait doter la populace et auquel... non
à laquelle... oui, auquel il avait voué toute sa vie.

Raoul s'arrêta pour reprendre haleine et juger
de l'effet qu'avait produit ce discours.

Madame Tampon ne répondit rien.

Raoul continua :

— Nos ressources ne sont pas grandes, et, malgré cela, nous avons pu, j'ose le dire, faire déjà quelque bien.

Raoul sourit cette fois.

Madame Tampon semblait changée en statue.

— Nous avons appris, par M. le Commandeur, l'attentat horrible dont votre fils s'est rendu coupable, et nos entrailles se sont émues en faveur d'un homme si jeune et déjà si criminel!... Nous avons compris combien lui et ses proches avaient besoin de consolations, et nous voici prêts à vous aider de notre bourse et de nos avis; parlez, que pouvons-nous faire pour vous? Avez-vous besoin de quelque argent?... Avez-vous un avocat? Et lorsque votre fils aura été condamné, — car il sera probablement condamné, les tribunaux ne comprenant pas encore suffisamment que c'est par le pardon qu'on ramène les cœurs les plus ulcérés, — alors... qu'est-ce que je disais donc?... C'est étonnant, comme mes idées s'embrouillent parfois. Ah! j'y suis; c'est cela même, quand M. votre fils aura été condamné à mort et peut-être à quelque chose de pis, car la vie, n'est-ce pas ce qu'il y a de plus pénible pour l'homme que le remords dévore? Eh bien, s'il faut présenter quelque recours en grâce... quelque demande d'atténua-

tion, implorer en un mot la clémence inépuisable
de Sa Majesté... Dites... parlez... dites donc!... ah !
çà, mais vous êtes donc sourde, chère madame ?
Voici une heure que je vous parle sans que vous
daigniez me répondre.

Comme Raoul s'approchait du lit :

— Ah ! non !... pas moi... pas coupable!... cria
la vieille prête à pleurer.

— Vous!...

— Moi... honnête... honnête femme !...

— Qui est-ce qui vous dit le contraire?... Et
quand même... mon cœur serait plein d'indul-
gence...

— Non!... non!... grâce!... monsieur le juge !...

Croyant sa grand'mère en danger, l'enfant
approcha.

— Tiens !... cette petite... elle est gentille...
fit Raoul. Veux-tu m'embrasser?

Au lieu de répondre, Églantine se serra contre
le lit.

— Est-ce que je te fais peur aussi, à toi ?...
Drôles de gens, continua Raoul; je leur apporte
de l'argent et des consolations, et ils me prennent
pour je ne sais qui, pour le diable peut-être !...

Viens donc, petite... viens que je t'embrasse... Tu
vois bien que je ris... tiens... Eh! eh!... ah! ah!...
Oh! la petite coquinette!... C'est la fille du scélérat... sans doute!... Étrange!... comment un
gredin pareil a-t-il pu faire une aussi belle enfant?

Raoul saisit enfin Églantine et la prit sur ses
genoux.

Il la considéra longtemps.

— Hélas! fit-il après un long soupir, je n'ai
pas été aussi heureux que ton gredin de père,
moi! Le Ciel n'a pas béni mon union, je n'ai pas
d'enfant. Dieu sait pourtant combien j'aurais aimé
l'héritier de ma race et de ma fortune! Dieu voulait sans doute que je fusse le père... des malheureux!... Enfin!... et s'adressant de nouveau à
madame Tampon, il ajouta : Enfin!... enfin!...
voici ma carte, madame, vous voyez... je la pose
sur cette table, avec cent sous... voici la carte...
voici les cent sous... une belle pièce toute neuve...
si vous aviez besoin de moi... J'ai bien l'honneur
de vous saluer.

Puis il sortit.

Toinon bondit hors de sa cachette, prit la pièce,
indignée, la jeta à travers les escaliers, et, enve-

loppant l'enfant de ses deux bras, elle se mit à l'embrasser.

— Mazette ! fit une voisine, en passant la tête par la porte entre-bâillée ; qu'elle belle visite vous venez de recevoir, madame Hippolyte !... un monsieur tout en noir ! Qui donc est-ce, hein ?

— Je ne sais pas, repartit Toinette.

— Comment, vous ne savez pas ?

— Non.

— Qui donc l'a reçu ?

— Madame Tampon ; moi, ne pouvant me montrer comme ça, je m'étais cachée dans le cabinet.

— Que venait-il faire ?

— Je ne sais pas.

— Moi, j'aurais voulu savoir... Eh ben ! voyons, madame Tampon, comment que ça va ?

— Mal... toujours mal.

— Elle n'en reviendra jamais !

— Jamais.

— Oui, les coups de sang, c'est comme ça, quand on n'en meurt pas, on reste paralysé... et imbécile... Vous voilà avec deux enfants, à c't'heure !... Vous devriez placer la vieille d'un côté, la jeune de l'autre.

— Jamais !

— Vous avez tort.

— Tant qu'il me restera une goutte de sang dans les veines, je ne me séparerai pas plus de la vieille que de la jeune.

— Et si vous mourez à la peine ?

— Alors, Dieu me remplacera !

XII

INFORTUNÉ POLYTE !

Après diverses stations, au commissariat et au dépôt de la Préfecture, Hippolyte, suivant la règle, fut mis à Mazas en attendant le jugement.

Les premiers jours de détention sont quelque chose d'affreux.

— Qu'on y songe !

Le prévenu est arraché sans pitié à tout ce qui faisait sa vie, à sa pipe, au zinc du mastroquet, à la boue du ruisseau. On le jette, avec beaucoup de précautions, dans une chambre parfaitement saine, chaude en hiver, fraîche en été, où il est gratuitement logé, nourri, vêtu, blanchi, éclairé, gardé, très bien gardé même, mais quelle cham-

bre ! sans aucune vue, pas même sur le boulevard. Là, le prévenu ne peut plus faire aucun
mal, ce qui le dérange de ses habitudes : le jour,
il bâille ; la nuit il dort, à moins que, dans une
heure d'insomnie, il n'aperçoive le spectre de sa
victime, se moquant de lui. Canaille de victime,
va !

N'hésitons pas à le dire : pour l'innocent habitué à la souffrance, c'est trop bon, mais, pour
le coupable habitué à faire souffrir les autres,
c'est odieux, inhumain, horrible !

Heureusement que le gredin s'habitue à cette
existence.

Il s'enkyste dans son bien-être, il engraisse.

Huit jours après, Polyte ne pensait plus à rien,
et s'il avait pu seulement rosser sa femme de
temps à autre... mais on ne peut pas tout
avoir.

— Qu'est-ce que je risque ? se disait-il ; on ne
guillotine plus, pas vrai ?... Cayenne !... ah ! malheur ! un voyage d'agrément !

Enfin, le jour du jugement arriva.

L'affaire avait fait du bruit.

Dès le matin les portes du palais de Justice
étaient assiégées par une foule nombreuse, dési-

reuse d'assister au moins à l'épilogue d'un drame qui avait fait du bruit.

La salle d'audience s'emplit rapidement.

Sur une table placée devant la Cour, étaient déposés un lourd marteau, de ceux que les forgerons emploient pour guider les frappeurs ou marteler eux-mêmes de petites pièces; des vêtements en lambeaux teints de sang; des sacs, ayant renfermé des écus, ensanglantés aussi.

Au fond de la salle, un grand christ, accroché au mur, semblait appeler encore un regard de Dieu sur les misères humaines.

Au-dessous, étaient les sièges de la Cour, à droite celui de l'avocat général, à gauche celui du greffier.

D'un côté, l'estrade des jurés; en face, celle des accusés.

En avant, le public.

Tout cela noyé dans une lumière blafarde tombant de quatre grandes fenêtres encadrées de rideaux fanés.

A onze heures, un huissier annonça : la Cour !

Chacun se leva en se découvrant.

La Cour entra, précédée de son président.

L'avocat général prit place au siège du ministère public, les avocats des prévenus au banc de la défense.

Au milieu d'un silence complet, le président prononça ses paroles :

— L'audience est ouverte.

Puis :

— Introduisez les accusés.

Une minute s'écoula à peine et, par une petite porte, entrèrent d'abord Hippolyte, puis le Chef, un bandit surnommé l'Enflé et Ventre-d'Osier.

Des gendarmes les conduisaient et prirent place autour d'eux.

Hippolyte était pâle, les cheveux rabattus sur le front, le regard en dessous, inquiet tout de même.

Le Chef souriait ; ses cheveux étaient soigneusement ramenés en boucles de chaque côté des tempes, une cravate nouée avec négligence découvrait profondément son cou maigre, à longues cordes, et une blouse complétait son ajustement.

L'Enflé et Ventre-d'Osier affectaient la plus complète indifférence. Ils en avaient tant vu !

Le président reprit la parole.

— Accusé Tampon, dit-il, levez-vous, vos noms ?

— Tampon Hippolyte-Jacques.

— Votre âge ?

— Vingt-quatre ans.

— Votre profession ?

— Serrurier.

— Où êtes-vous né ?

— A Paris.

— Où demeurez-vous ?

— A Paris.

— C'est bien, asseyez-vous.

Aux questions qui leur furent posées, les autres accusés répondirent :

— Lanoue Pierre-François, banquier. On m'appelle aussi le Chef... mais je ne sais pas pourquoi.

— Perrot Adrien-Félix, dit l'Enflé, aplatisseur de cornes.

— Lambry Honoré-Fortuné, dit Ventre-d'Osier, marchand de contremarques.

A l'appel de son nom, chaque juré prêta serment.

Et le greffier donna lecture de l'acte d'accusation ainsi conçu :

« Le vendredi 5 juillet 1855, entre dix et onze heures du soir, madame Aubry, au moment de se

mettre au lit, entendit des cris : Au secours ! à l'assassin ! s'échapper du bureau où son mari Paul-
Désiré Aubry, maître serrurier, était en train de
préparer pour le lendemain la paye de ses ouvriers.
A demi vêtue, elle se précipita dans cette direction
suivie de sa fille aînée Jeanne Aubry et de sa servante Léocadie Poulot. Dans le logis qu'occupaient
les époux Aubry, la maison d'habitation est sépa-
rée du bureau par une cour donnant sur la rue et
au fond de laquelle se trouvent placés les ateliers.

» Au moment où madame Aubry traversait
cette cour, elle se rencontra avec un homme
qu'elle voulut vainement saisir.

» Madame Aubry, Jeanne Aubry, ainsi que la
servante Léocadie Poulot affirment de la manière
la plus formelle que cet homme était l'accusé, Hippolyte Tampon, ancien ouvrier de M. Aubry, lequel, après avoir gravi une échelle le long du mur
qui sépare la cour de la rue, disparut aussitôt.

» Attirés par les cris, de courageux citoyens,
après avoir vainement frappé et sonné à la porte
d'entrée, n'hésitèrent pas à franchir eux-mêmes
la muraille.

» Ce sont les nommés :

» Jean-Baptiste Morin.

» Et Barthélemy Flouret.

» Tous deux se dirigèrent vers le bureau où madame Aubry, sa fille et sa servante étaient déjà arrivées.

» Un spectacle épouvantable les attendait là.

» Au milieu du plus grand désordre de chaises, d'une table renversées, de pièces d'or et d'argent, de papiers épars sur le plancher, gisait M. Aubry, défiguré, couvert de sang.

» — C'est Hippolyte... Hippolyte Tampon... qui m'a frappé, cria-t-il, Hippolyte... Hippolyte... Hippolyte...

» Et dans une dernière convulsion, il expira.

» Pendant que cette scène se passait à l'intérieur, deux agents, les nommés Valentin Mourot et Pierre Tachu, aidés d'autres citoyens, poursuivaient un homme qu'ils avaient vu sauter par-dessus le mur et qu'ils arrêtèrent bientôt au domicile de madame veuve Tampon.

» Cet homme était bien Hippolyte-Jacques Tampon, celui qu'avaient désigné M. Aubry, ainsi que sa femme, sa fille et sa servante.

» L'accusé était d'ailleurs encore nanti, au moment de son arrestation, d'un paquet de billets de banque tachés de sang.

» Aucun doute n'est donc possible sur l'auteur principal de ce crime.

» Des interrogatoires subis par Hippolyte Tampon et des faits recueillis par l'instruction, il résulte que ce dernier avait été aidé dans son entreprise par le nommé Perrot accusé d'avoir aidé Tampon à franchir la muraille et par Lanoue et Lambry qui faisaient le guet chacun d'un côté de la rue.

» En conséquence sont accusés :

» Hippolyte-Jacques Tampon d'avoir :

» Premièrement, le 5 juillet 1853, volontairement donné la mort à Aubry avec ces circonstances : 1° que ledit meurtre a été commis avec préméditation ; 2° qu'il a eu pour objet de préparer, faciliter, ou exécuter le vol ci-après.

» Deuxièmement, à la même époque et au même lieu, soustrait frauduleusement au préjudice des héritiers dudit Aubry, une somme d'argent.

» Lanoue, Perrot et Lambry d'avoir aidé à la perpétration de ces faits.

» Crimes et délits connexes prévus par les articles 297, 302, 303 et 304 du Code Pénal. »

Après la lecture de cet acte d'accusation, le greffier fit l'appel des témoins qui se retirèrent aus-

sitôt dans la salle à eux réservée, puis le président
procéda aux interrogatoires.

— Tampon, dit-il, levez-vous !

— Vous vous appelez Tampon (Hippolyte-Jacques), vous êtes né le 28 avril 1830, vous ne man-
quez pas d'intelligence, mais les témoignages
sont unanimes pour dire que partout où vous
avez passé, à l'école, en apprentissage, dans les
divers ateliers où vous avez travaillé, cette qualité
était gâtée par une paresse insurmontable, est-ce
vrai ?

— On n'est pas toujours en train.

— Au lieu de travailler, vous préfériez vaga-
bonder avec de mauvais sujets.

— C'est la mère qu'a dit cela ?

— Votre mère est dans un tel état qu'elle n'a pu
même être entendue dans l'instruction.

— C'est la femme alors ?

— Votre femme n'a cessé de vous défendre.

— C'est bon... c'est bon... c'est leur faute à ces
femelles-là, si je suis ici, elles me le payeront un
jour.

— Cessez vos menaces, accusé Tampon, songez
plutôt à vous disculper, si cela est possible, du

crime odieux qui pèse sur vous, dites-nous ce qui s'est passé dans la soirée du 5 juillet.

— Eh bien, j'étais allé chez M. Aubry pour lui demander de l'ouvrage... preuve que je ne suis pas un fainéant comme vous le dites... alors...

— La porte de l'atelier a été fermée à six heures du soir, l'attentat a eu lieu entre dix et onze heures, qu'avez-vous donc fait pendant ce laps de temps ?

— J'ai posé.!

— Dites plutôt que vous vous êtes caché pour mieux attendre le moment propice.

— Non... je m'avais seulement endormi sous un établi... étant un peu pris de boisson... si bien que quand je me suis présenté devant le patron, en train de compter ses gros sous, il a eu peur, cet homme, et il a crié au voleur... naturellement moi cela m'a offensé, pas vrai... quiconque après qui qu'on crierait au voleur ne serait pas content... moi un voleur !... Cristi! alors j'ai tapé... peut-être un peu fort.

— Et quand vous avez entendu du bruit...

— Je me suis ensauvé.

— Avec les billets de banque.

— Oh!... par inadvertance, on peut se tromper de cela, n'est-ce pas, mon président?...

— Puis vous avez gravi l'échelle.

— Quelle échelle ?

— L'échelle dressée le long du mur.

— Ah! oui, oui, j'ai gravi l'échelle.

— Qui est-ce qui avait placé cette échelle le long du mur?

— Je ne sais pas, moi.

— L'instruction suppose que vous l'aviez vous-même mise à cet endroit pour faciliter votre fuite.

— Je ne peux pas l'empêcher de faire des suppositions, moi, à l'instruction, mais qu'elle les prouve, ces suppositions, qu'elle les prouve...

— Et vous avez sauté dans la rue où vos trois complices vous attendaient.

— Oh ! ils m'attendaient sans m'attendre, c'est-à-dire...

— Vous avez déclaré dans l'instruction qu'ils faisaient le guet.

— Oui, j'avais dit comme ça au Chef, à l'Enflé et à Ventre-d'Osier : je vas demander dans c'te boîte, s'il y a moyen de travailler, attendez-moi un peu, je paye un verre en sortant... je ne savais pas que j'allais m'endormir sous un établi, en sorte

11.

que... quatre heures après... vous entendez bien que... moi d'abord... j'aurais pas attendu tant que cela pour un verre... pour deux je ne dis pas...

— Vous avez dit dans l'instruction que le coup avait été combiné entre vous quatre.

— Vous croyez...

— L'interrogatoire est signé de vous.

— Oh ! ça m'étonne... je ne m'en souviens pas du tout.

— C'est bien, asseyez-vous... Accusé Lanoue à votre tour. Avouez-vous avoir fait le guet dans la soirée du 5 juillet ?

— Jamais... moi... par exemple...

— Et vous Perrot ?

— Pas davantage.

— Et vous Lambry ?

— Incapable, mon président.

— Les témoins vous reconnaissent tous trois positivement.

— Par vengeance, mon président.

L'audition des témoins ne fit que confirmer les faits avancés par l'instruction.

Après, le réquisitoire du ministère public et les plaidories des avocats commencèrent.

D'abord, prit la parole Mᵉ Flatulent, l'avocat d'Hippolyte.

Un grand mais court, maigre mais gros, brun mais blond avec une bouche comme un four et de plus excessivement laid.

Si quelqu'un prétend se reconnaître dans ce portrait, il devra y mettre beaucoup de bonne volonté.

— Je ne me dissimule nullement les difficultés de la tâche que j'ai entreprise en venant défendre le nommé Hippolyte-Jacques Tampon, accusé d'un abominable assassinat, dit Mᵉ Flatulent en se redressant de toute sa hauteur, qui ne gémirait sous un pareil poids!... Mais le sentiment du devoir me soutiendra, la vérité sera mon flambeau, l'expérience, oui, messieurs, l'expérience des hommes sera le fil qui me guidera à travers le dédale de ce cœur encombré de mystérieux abîmes... Ah! messieurs!... on a bientôt dit : Voilà un criminel!... Mais pourquoi est-il criminel... qui est-ce qui l'a rendu criminel, dans quel but s'est-il rendu criminel?... Et puis est-il vraiment criminel?... Voilà ce qu'il faut étudier avec soin, et de l'étude jaillit souvent de grandes lueurs qui éclairent les faits d'un tout autre jour.

Et d'abord, qu'était le nommé Hippolyte-Jacques
Tampon avant sa naissance ? rien du tout ; après sa
naissance ? pas grand'chose ; plus tard ? encore
moins. Oui, messieurs, encore moins. Dans le sein
de sa mère il avait un guide, plus tard il n'en eut
plus, abandonné, je ne veux dire ni pourquoi ni
comment... il se mit à courir les rues... Et que
vouliez-vous qu'il fît dans les rues, jouer au bouchon, à la bloquette !... à tant d'autres jeux qui
dessèchent l'âme de l'enfance ?... Tenez, tenez, je
ne voulais pas le dire, mais la vérité s'échappe
malgré moi de mes lèvres... sa mère... au nommé
Hippolyte-Jacques Tampon... était une affreuse
femme adonnée à tous les vices, grossière en paroles, et qui lui a inculqué les plus fâcheux
exemples... A qui la faute si le nommé Hippolyte-
Jacques Tampon est devenu un mauvais sujet ?...
à sa mère qui aurait dû le garder dans son cœur,
le réchauffer de son haleine, le couver d'un œil
jaloux... A la société surtout qui lui devait aide et
protection... à vous, messieurs, à nous tous qui l'a-
vons vu jouer à saute-mouton sans songer à tout
ce qu'il y avait d'aspirations divines dans cette tête
mal mouchée ! Pourquoi le scélérat vole-t-il ?...
Mais parce qu'on ne lui donne pas assez vite ce

qu'il désire... qu'on le lui donne et il ne volera pas ;
le vrai coupable c'est celui qui ne donne pas, c'est
la Société !... Mais entraîné par la chaleur de mes
convictions, j'anticipe à tort sur les événements,
revenons à notre pauvre et malheureux petit
mouton — Que fait le nommé Hippolyte-Jacques
Tampon arrivé à la puberté, à l'âge des passions
violentes, croyez-vous qu'il se livre aux débor-
dements les plus incongrus, non, nous le voyons
continuer à jouer au bouchon, c'est vrai, l'habitude est une seconde nature, mais nous le voyons
aussi consoler et soulager sa mère... et il ne
gagnait pas grand'chose, presque rien et pourtant
il en rapportait le montant à cette mère indigne,
qui, il est vrai, le nourrissait, le blanchissait, le
logeait et lui donnait aussi pour son tabac. N'était-
ce pas là le propre d'un bon fils et l'amour filial
ne porte-t-il pas en lui toutes les vertus... Il les
avait toutes, les vertus !... ce malheureux
Hippolyte-Jacques Tampon... et il ne lui a manqué pour les voir éclore... ainsi qu'un bouquet de
violettes mélangées de lis parfumés... qu'un
rayon de bonheur. Il les avait, toutes les vertus et
la preuve... car je n'avance rien sans preuve, moi,
ma langue se sécherait plutôt entre mes dents

indignées que d'avancer un fait qui ne lui aurait
point été démontré, loupe en main. Il les avait
toutes les vertus et la preuve, c'est que nous le
voyons se jeter à l'eau, plonger à vingt reprises
différentes, affronter la mort... Oui, messieurs, la
mort, et une mort désagréable encore... On est très
laid quand on sort de l'eau, après y avoir séjourné
plusieurs semaines... pour en arracher qui?...
quoi?... je vous le demande... une pas grand'chose
qui, chassée de son pays à cause de ses vices, et
de ses nombreux enfants, était venue cacher à
Paris sa honte, ses enfants et ses vices... ses vices
qu'en avait-elle fait? on ne le sait que trop, elle
les avait tous gardés et exploités; ses enfants on
ne le sait pas assez, car il ne lui en restait à son
arrivée à Paris qu'un seul ou qu'une comme vous
voudrez. Que fera le nommé Hippolyte-Jacques
Tampon de cette femme arrachée aux morsures
du fleuve... l'abandonnera-t-il?... Non! non! Toujours généreux, toujours grand, toujours magna-
nime, il en fera la sienne... il essayera... vain espoir... de la ramener au bien... Ainsi vous voyez
ce malheureux jeune homme, ayant sur les bras sa
mère une pas grand'chose, sa femme une rien du
tout, une enfant qui n'est pas de lui, mais qui ne

peut valoir mieux que le reste, vous le voyez, dis-
je, travailler, travailler encore, travailler toujours,
jusqu'à ce qu'il tombe endormi, je devrais dire
épuisé de fatigue, de faim... non de soif... il a dit
qu'il avait bu un coup... ce jour-là... jusqu'à ce
qu'il tombe endormi, épuisé, pantelant sous un
établi... Ah! messieurs, j'arrive sur le terrain
brûlant de ce que l'accusation appelle le crime,
et de ce que j'appellerai moi... l'accident... la
fatalité, oui, messieurs, la fatalité... Et là encore!...
Est-ce bien le nommé Hippolyte-Jacques Tampon
qui est le coupable? Je dis non! Et je le prouve!!!
Ah! messieurs! qu'il est doux à un cœur comme
le mien de faire reluire la vérité dans tout son
éclat! de tirer de la fange quelque chose de
boueux et d'infect, de le laver, de le nettoyer, de
le couvrir des parfums les plus suaves et de dire:
vous avez cru que c'était une charogne, eh bien
pas du tout, cet homme n'est pas une charogne
c'est un or vierge, un diamant! Ah! sauver un
innocent! Confondre l'injustice!... arracher leurs
masques à de fausses victimes, quelle joie, quel
triomphe!... Nous disions donc que le nommé
Hippolyte-Jacques Tampon était endormi sous un
établi... un bruit étrange le réveille... C'était

Aubry qui manipulait son or !... qui le faisait
sonner en chansons narquoises, cascader en flots
étincelants. Mais d'abord qu'était-ce que cet
Aubry, un honnête père de famille, bon père, bon
époux, excellent garde-national ?... Détrompez-
vous, messieurs, Aubry était un véritable chenapan, engraissé des sueurs de l'ouvrier, gorgé d'un
or gagné sur des malheureux, une sorte de pieuvre
du sexe masculin qui, s'il avait vécu, en aurait
fait bien d'autres ! Sa femme, madame Aubry... Je
veux bien n'en rien dire par égard pour le mort,
que cela pourrait contrarier, mais alors n'en parlons pas... sa fille ?... sa servante ?... passons...
passons... n'est-ce pas ?... les deux autres témoins... Morin... Il a été fumiste ! Flouret, il
bégaye !... Ah ! ah ! que signifie la déposition de
pareils hommes. Et puis enfin, de quoi nous ac-
cuse-t-on ? d'avoir endommagé le crâne du sieur
Aubry, eh bien oui ! Nous l'avouons puisqu'il
n'y a pas moyen de faire autrement, nous avons
endommagé cuir chevelu... quoi de plus na-
turel !... Rappelons-nous les faits : Donc Aubry re-
muait son or à pleines mains d'une façon nar-
quoise et provocatrice ; ce bruit réveille le malheureux Hippolyte-Jacques Tampon endormi sous

un établi, et il s'approche, le pauvre Hippolyte,
fasciné, le malheureux Jacques, atterré. l'infor-
tuné Tampon, comme poussé par une force irrésistible ; il tend vers cet or, fruit de ses sueurs,
et dont il avait tant besoin, deux mains sup-
pliantes... Il est vrai qu'au bout de l'une de ces
mains il y avait un manche, et au bout de ce
manche un bloc de fer, vulgairement appelé marteau, mais que voulait faire Hippolyte-Jacques
Tampon de ce marteau, tout est là, il voulait le
rendre à son légitime propriétaire. Ainsi, voilà un
homme manquant de tout, même du superflu,
sans pain, sans gîte, réveillé dans son sommeil,
de mauvaise humeur par conséquent et qui, trouvant un marteau, veut le rendre à son propriétaire, au lieu de le porter chez le bric-à-brac du
coin, qui le lui aurait certainement payé dix sous !
Ah ! non ! non ! Hippolyte-Jacques Tampon un
assassin ! C'est au contraire un héros d'honneur,
de délicatesse, de probité. Il approche donc,
comme je vous le disais tout à l'heure et remet
ce marteau à M. Aubry... il est vrai qu'il le lui
dépose sur la tête... J'en conviens, j'en conviens...
mais Hippolyte-Jacques Tampon était enrhumé
du cerveau... On vous a dissimulé ce détail im-

portant, Hippolyte-Jacques Tampon lui-même
dans sa pudique naïveté, n'a osé vous le faire
connaître, mais la vérité est, qu'il était enrhumé
du cerveau, ce qui lui troublait nécessairement
la vue. Hippolyte-Jacques Tampon dépose donc
ce marteau sur la tête de M. Aubry. Que fait ce
dernier, au lieu de dire à Hippolyte-Jacques
Tampon, merci, mon ami, vous êtes bien honnête, voilà un louis pour votre peine? il se met à
crier au voleur!... Au voleur, Hippolyte! un voleur, Jacques! quoi, voleur Hippolyte-Jacques
Tampon? Ah! messieurs, ma conscience se ré-
volte, comme la vôtre se révoltera j'en suis sûr,
comme s'est révoltée celle d'Hippolyte-Jacques
Tampon en entendant une accusation aussi im-
mérité et non content d'insulter lâchement cet
homme qui accomplissait, simplement, noble-
ment son devoir, M. Aubry essaye de se défendre,
car il a essayé de combattre, le fait est établi...
Ah! mais ici j'arrête l'accusation et je lui dis
halte là. Eh! prenez bien garde, Aubry a essayé
de combattre, donc Hippolyte-Jacques Tampon.
se trouvait dans le cas de légitime défense... Tant
pis pour Aubry... Et cela est si vrai, messieurs,
que ce n'est pas Aubry qui s'est enfui... c'est

Hippolyte-Jacques Tampon. Tous les témoins,
véridiques sur ce point, le déclarent formellement.
Donc Aubry était l'agresseur et Hippolyte-Jacques
Tampon est donc la victime, l'innocente, la can-
dide victime, et Aubry le seul coupable. L'accusation relève encore ce fait... car je ne veux rien
laisser dans l'ombre, moi, je veux répandre à
pleines mains la lumière sur tous les points du
débat; l'accusation nous dit, mais, en vous en-
fuyant, vous avez emporté les billets de banque...
Ah! messieurs, que c'est petit! que c'est mes-
quin! Nous reprocher cela, oh!... Tenez le dégoût me monte au visage... Nous avons emporté
les billets de banque! Eh bien, oui... mais par
inadvertance, par une erreur à laquelle, peut être
sujet tout homme enrhumé du cerveau... Hippolyte-Jacques Tampon trompé par la couleur a cru
ramasser son mouchoir, et il en avait le plus pres-
sant besoin, de son mouchoir... Eh! mon Dieu,
oui! Encore un mot... un seul mot... et j'ai fini.
De cet édifice laborieusement élaboré contre mon
client, que reste-t-il, rien, absolument rien, pas
une pierre, pas un os, pas un fiferlin, j'ai tout
réduit en poudrrrre — Eh bien alors, que nous de-
mande-t-on?... Notre tête... Notre tête innocente

et persécutée !... Eh bien non, nous ne vous la donnerons pas, nous la remporterons sur nos épaules, haute, fière, dédaigneuse, endommagée hélas ! par la paille des cachots, mais resplendissante toujours !... Ah ! messieurs les jurés, ne laissez pas s'accomplir une erreur judiciaire de plus, rendez ce malheureux à la vie, à sa mère, qui pleure en vous suppliant, sa bonne et tendre mère, qui n'a que lui pour soigner ses vieux jours ; à sa femme, sa bonne et tendre femme, qui n'a que lui pour frotter ses rhumatismes ; à sa fille, sa bonne et tendre fille, qui n'a que lui pour prendre le sein ; à son concierge, aux enfants qu'il pourra encore avoir, à l'avenir, à la société, à la gloire, au travail, à la vertu... Ah !... Ah !... Et vous serez bénis de tous et particulièrement de lui...

Après avoir prononcé ce discours d'une seule haleine, M° Flatulent se laissa tomber sur son banc, épuisé, suant comme une cascade, soufflant comme un phoque, mais couvrant encore son auditoire d'un regard triomphant !...

Les avocats des autres prévenus n'ajoutèrent que quelques mots, pour ne pas atténuer l'effet d'une aussi splendide plaidoirie.

Dans la salle, on croyait à un acquittement.

Quelques spectateurs, braves gens, mais idiots
sans doute, parlaient déjà d'emporter Hippolyte
en triomphe et de lui offrir un festin.

Pourquoi pas un prix de vertu?

Aussi, fût-ce au milieu de la stupéfaction générale qu'une condamnation aux travaux forcés
fut prononcée.

Voici ce qui était arrivé :

Les votes allaient être favorables à Hippolyte,
lorsqu'un juré borgne, agrémenté d'une mâchoire
d'argent et de plus s'appuyant sur une canne,
juré que la défense avait négligé de récuser,
exposa, que si le sort de MM. les assassins est
plein d'intérêt, il ne fallait pas non plus oublier
les assassinés et ceux qui pourraient l'être aussi
un jour ou l'autre, si on relâchait Hippolyte.
Il raconta comment lui-même, assailli par une
bande de voleurs, avait été laissé sur la place, à
peu près mort, volé, la tête broyée et les chairs
de la jambe droite pendantes. Il affirma, chose
de laquelle on ne paraît généralement pas se
douter, qu'être accommodé de la sorte n'offre
rien du tout d'agréable.

— Pas de pitié, ajouta-t-il en manière de con-
clusion, pour qui n'a pas eu de pitié!

C'était trop dire : Il est certain qu'il vaut mieux
attendre qu'un scélérat ait martyrisé beaucoup
d'innocents avant de le mettre définitivement
hors d'état de nuire; périssent mille innocents
plutôt qu'un coupable!... Mais le discours du juré
grincheux n'en influença pas moins suffisamment
les autres, pour entraîner cette condamnation.

Pauvre Polyte!

XIII

PROPOSITION

Plein de respect pour l'institution du jury, si utile ! surtout aux scélérats, l'auteur propose seulement de ne choisir MM. les jurés que parmi les personnes ayant été volées, au moins une fois, assassinées, au moins deux, et mortes des suites de leurs blessures.

Ceux-là ne prendraient peut-être pas pour de la justice, une pitié imbécile.

XIV

L'ASSASSINE

Chose singulière ! Tandis qu'une sorte de réaction s'opérait en faveur d'Hippolyte, que certaines gens se disaient : Il n'est peut-être pas aussi coupable qu'il en a l'air ; n'est-ce pas la faute de son éducation ; est-ce bien lui qui a commencé ? Sa femme restait marquée d'un stigmate d'infamie.

On se détournait d'elle avec horreur.

Les gamins la poursuivaient en criant :

— Assassine ! assassine !

Et souvent, en rentrant chez elle, la malheureuse se mettait à pleurer, la tête entre ses deux poings.

Il y aurait là une belle occasion de débiter quelques sottises de plus sur le compte de ce bon peuple de Paris, qu'on a tant accusé d'inconséquence, qui brise, dit-on, aujourd'hui les idoles qu'il a adorées la veille, sauf à en ramasser plus tard les tessons pour en faire de nouveaux fétiches.

Accordons au contraire notre luth en son honneur.

Drinn! Drinn! L'hymne commence :

*
* *

Le peuple n'est pas le gamin qui barbote au ruisseau, l'ivrogne qui pionce au coin de la borne, le fou qui divague au club, seulement, il y a de tout cela dans le peuple.

Tout cela va au peuple comme l'égout infect et le fleuve majestueux se jettent à la mer et s'y mêlent.

Le peuple est comme la mer immense, infinie et profonde, calme en ses abîmes, scintillante en ses flots ; tout souffle l'anime, le soulève, lui fait attaquer même le ciel, mais en ces jours de tempête, qu'est-ce qui paraît à la surface ?

L'écume !

12

... Et quelque fange impure arrachée au rivage !

Le gavroche éhonté, l'ivrogne fangeux, le fou politique, ce n'est pas le peuple, c'est l'écume du peuple !

* *

Maintenant remettons ledit luth à son clou.

Un jour, perdant patience, Toinon courut après un gamin barbouillé de noir et qui, d'une voix glapissante, criait plus fort que les autres :

— Assassine ! assassine !

Toinon courait bien.

Le gamin courait mieux ; tournant autour des candélabres, des voitures et des passants, sautant, revenant brusquement sur lui-même, il allait s'échapper, et les camarades criaient déjà :

— Bravo, Marcel !

Quand, dans un mouvement moins bien combiné que les autres, il fit un faux pas et tomba les quatre fers en l'air.

Une paire de gifles allait le régaler.

Mais, lançant à Toinon un coup de pied qui atteignit celle-ci dans les os des jambes, il se releva d'un bond et s'enfuit, au milieu d'un hourrah général, tandis que la pauvre femme

s'en retournait piteusement, boitant, et pleurant,
autant de honte que de doûleur.

C'était d'un drôle !

Chacun se pâmait de rire.

Rien d'amusant comme de voir un pauvre être
battu et conspué.

L'aventure détermina Toinon à quitter le quartier qu'elle avait habité jusqu'alors; elle chercha,
dans quelque rue éloignée, bien sombre, un autre
logement où, inconnue de tous, elle fût à l'abri
d'insultes aussi peu méritées.

Elle trouva, derrière le collège Charlemagne,
deux pièces et un cabinet qu'elle loua en se faisant simplement appeler madame Hippolyte.

Les deux pièces donnaient sur la rue, avec un
grand mur pour vis-à-vis, et le cabinet sur une cour
puante, noire de toiles d'araignées, et au fond de
laquelle émergeait la toiture d'un vieux hangar.

Ce dernier détail surtout avait séduit Toinon.

Des économies réalisées dans la fruiterie, il ne
restait presque rien. Il fallait faire quelque chose
pour assurer le pain de la famille, et Toinon pro-
jetant, faute d'une boutique, de continuer à
vendre des légumes dans la rue, s'était dit qu'elle
remiserait là sa petite voiture.

L'installation fut bientôt terminée,

Toinon prit pour elle le cabinet; elle plaça, dans la seconde pièce, le lit d'Églantine et celui de la vieille Tampon, affectant la première chambre au service de la salle à manger et de la cuisine; un poêle en fonte, placé au milieu, devant servir à la fois de fourneau et de moyen de chauffage.

Tout cela bien tenu, bien propret, ne laissait pas que d'être assez agréable.

Églantine grandissant, Toinon s'enquit d'une école et trouva, à peu de distance, la pension Dusseaux, célèbre pour la bonne éducation qu'on y donnait aux jeunes filles.

La maîtresse ouvrit de grands yeux quand Toinon lui dit qu'elle voulait faire apprendre à Églantine non seulement la lecture, l'écriture, le calcul, mais encore la musique et tout ce que savent les belles demoiselles.

— Ce sera long! fit-elle.

— Nous avons le temps, répondit Toinon.

— Ça coûtera cher!

— Je travaillerai.

— Et pourquoi?...

— J'ai mon idée...

— Au fait, l'enfant paraît intelligente... si elle

veut, elle pourra passer ses examens, devenir
institutrice...

— Elle travaillera aussi... madame. N'est-ce pas
que tu travailleras bien? continua Toinon en embrassant Églantine avec effusion.

— Oui, maman, répondit l'enfant.

Toinon, à force de recherches, finit par décou-
vrir dans une mansarde une femme, nommée
madame Dupuis, qui, malgré ses soixante ans, faisait encore des fleurs pour vivre; la pauvre vieille
avait été riche jadis, mais des revers de fortune,
la mort de ses proches l'avaient réduite en cet état.
Moyennant cinq sous par jour et la nourriture...
oh! presque rien, une tasse de café le matin, un
peu de soupe et sa part d'une queue de morue le
soir, madame Dupuis consentit à venir chez Toinon de six à six heures, lever l'enfant et l'envoyer
à l'école, soigner la grand'mère, mettre au besoin
la marmite sur le feu, ce qui ne l'empêcherait pas
de faire aussi son petit ouvrage.

Satisfaite de ces arrangements, Toinon, après
s'être munie d'une permission en règle, acheta
une petite voiture que, chargée tantôt d'une marchandise tantôt d'une autre, suivant la saison,
elle se mit à pousser dans les rues en criant:

12.

— Hareng qui glace, qui gla...ace !... hareng
nouveau !...

Ou bien :

— Pois verts au boisseau, les pois verts !...

Rude métier !...

Levée avant le jour, Toinon s'en allait quelque
temps qu'il fît, souvent les pieds dans la boue,
le dos à la pluie, à travers passants et voitures,
heurtée de l'un, injuriée de l'autre, poussant et
criant toujours : la tendresse ! la verduresse !
ou autre chose. Dame ! elle servait bien ; frais
comme l'œil son poisson, tendres comme un
cœur ses petits pois et sa violette donc ! un
baume ! Quand elle avait dit : Venez ici la petite
mère, je vous arrangerai, elle arrangeait. Sans
doute qu'il lui arrivait bien quelquefois d'avoir
un brin de marchandise avariée... elle ne la
jetait pas au tas d'ordures. Eh bien alors, où aurait été le bénéfice, mais c'est à une vieille rena-
rée qu'elle faisait passer ça, jamais à un enfant,
jamais à ces petites mariées d'hier qui vont en
tremblant faire leur marché et qui rougissent
jusqu'au blanc des yeux quand la marchande
leur répond : De quoi ! six sous un merlan de
trois francs ! Faut-il vous le porter ? Toinon ven-

dait bien, achetait bien, trimait ferme ; mais là
où elle ne brillait pas, c'était quand il fallait
s'attraper avec quelqu'un, pas de voix pour deux
sous, pas un de ces mots bien envoyés qui épatent
la galerie et font battre des mains; elle aimait
mieux baisser le dos et filer, sa petite voiture en
avant-scène... Dame ! On ne peut pas tout avoir.
Et cela ne l'empêchait pas de se faire une bonne
petite clientèle, de gagner des pratiques qui n'auraient pas acheté à une autre et quand le soir
elle rentrait crottée, mouillée, épuisée de fatigue... sans plus de voix que pour dire :

— Bonjour, mon Églantine.

Eh bien, elle était heureuse tout de même et,
comptant de ses mains gonflées des tas de sous
gluants au milieu desquels se cachaient les petites
pièces, elle disait en riant :

— La journée n'a pas été mauvaise, on pourra
encore ce mois-ci payer mademoiselle Dusseaux
et les autres.

Faut être juste, il y a dans ce métier beaucoup
d'autres petits agréments.

D'abord s'il arrive qu'il pleuve, des fois aussi il
fait beau temps; alors on respire le grand air,
c'est bon de respirer, ne respire pas qui veut et

ce que l'on veut. Puis on voit les passants, les belles voitures ; on se dit : Il y en a qui ont de la chance... bah ! sont-ils plus heureux que les autres ? Ainsi, Toinon rencontrait souvent M. et madame d'Avrimont dans leur calèche. Eh bien, jamais ils ne s'adressaient entre eux une parole... Deux têtes de bois, quoi ! Et puis on est au courant des nouvelles, en jabotant avec l'une, avec l'autre, on apprend bien des petites choses, on voit les accidents : les chevaux qui s'abattent, les gens qu'on écrase, ce n'est pas gai, mais ça fait passer le temps.

Quel bonheur c'était surtout pour Toinon en rentrant d'embrasser Églantine !

Comme elle se récompensait sur ses petites joues rosées de tous les maux du jour et je t'embrasse, et je t'embrasse, et comment vas-tu ? et as-tu bien travaillé ? des questions à n'en plus finir et des baisers encore plus.

Après, c'était le tour de la mère Tampon.

Mais avec elle les baisers étaient plus rares... plus froids.

Hélas pour celui qui s'en va tout se fane, tout se glace.

Et pourtant on l'aimait bien, la pauvre vieille, et

quand elle sentait autour de son cou les bras en-
lacés de Toinon et d'Églantine, elle souriait... va-
guement... parfois une larme tombait de ses pau-
pières, elle semblait se ressouvenir et puis...

On se mettait à table.

On mangeait d'abord une bonne soupe, c'est le
fond de tout repas bien ordonné, ensuite venait une
platée de pommes de terre entassées en pyramide
avec trois saucisses plates de deux sous au sommet, en manière de couronnement ; d'autres fois
c'était la fine queue de morue, aussi avec des
pommes de terre ; d'autres fois encore le bœuf
bouilli, toujours avec des pommes de terre et
c'est même un excellent plat ; quand du bœuf
bouilli il ne reste plus que la filasse, eh bien,
cette filasse est encore savoureuse pourvu qu'on
y ajoute beaucoup de pommes de terre et...
énormément d'appétit... l'appétit ne coûtant rien,
c'est facile... On buvait du cidre, fabriqué dans
un pot à beurre avec des pommes tapées et enfin
on sirotait son petit café... sans sucre... parce
que... les vrais amateurs le prennent ainsi.

Le repas terminé, on se réunissait autour d'une
chandelle dont un petit abat-jour réunissait éco-
nomiquement les rayons... oui, la lampe avait été

supprimée par mesure d'hygiène, ça file une
lampe et puis les verres se cassent... se cassent...
alors, n'est-ce pas, ça se comprend? Madame Tampon occupait la place d'honneur; quoique à moitié
morte, la pauvre vieille semblait se complaire au
milieu des vivants, puis madame Dupuis. Enfin
Églantine étudiant ses leçons et Toinon... qui
parfois s'endormait... Quoi?... ça ne se fait pas en
société? Sans doute, mais si vous aviez trimé tout
le jour en criant :

— La tendresse ! La verduresse... artichauts...
artichauts !...

Vous en feriez bien autant.

Des voisins venaient de temps à autre se join-
dre à la veillée... Madame Jaboux, la cardeuse de
matelas... madame Friselamèche, une gardeuse
de femmes en couches, enfin Victoire, une canti-
nière qui avait un nez d'argent, toutes personnes
très bien, comme on le voit.

Du reste, la maison était parfaitement compo-
sée, il n'y avait qu'à l'étage du dessus... des gens
que... qui... enfin, on ne les voyait jamais, mais
on les entendait toujours se disputer et se battre
entre eux, ne se mettant d'accord que pour cor-
riger un petit garçon, leur neveu, disait-on, qui

poussait alors des cris affreux, ce qui mettait
Toinon en révolution.

A cela près, elle était heureuse, jamais elle
n'avait goûté bonheur pareil, Toinon.

A cela près?... Non, il y avait encore autre
chose.

Chaque mois, Toinon recevait une lettre d'Hippolyte.

Transporté à Cayenne, cet homme-là se plaignait toujours. Il paraît que là-bas on le faisait
travailler... oh ! il n'en abattait guère, mais encore lui fallait-il faire semblant. Et puis, il ne
mangeait que des viandes de conserve, pas de
primeurs, jamais de friandises, du vin rien qu'à
sa soif, et la moindre rébellion était punie. Oui,
c'était à ne pas le croire. A Cayenne, il faisait
tantôt chaud, tantôt froid, et le brouillard y était
tellement désagréable qu'on l'appelait le linceul
des Européens !

La pauvre Toinon s'attendrissait en se faisant
lire ces détails par un écrivain public qu'elle avait
découvert dans un autre quartier, car pour rien
au monde elle n'aurait voulu mettre quelqu'un
de ses voisins dans sa confidence, et elle envoyait
la pièce de cinq francs au condamné.

— Après tout, c'est mon mari, pensait-elle.

C'est égal, elle ne pouvait goûter un instant de plaisir sans penser que là-bas l'autre souffrait.

Le temps passait donc ainsi.

Un soir, c'était pendant l'hiver, il faisait un temps morfondant.

Toinon, extrêmement fatiguée, remontait son escalier en soufflant et allait pousser sa porte, quand elle entendit des soupirs, comme des sanglots étouffés.

Elle monta un étage de plus et se trouva en présence de quelque chose roulé en boule qui grouillait dans un coin.

— Il y a quelqu'un ici? fit-elle.

D'abord on ne répondit pas.

— Il y a quelqu'un? répéta-t-elle.

— Oui, il y a quelqu'un, dit enfin le quelque chose.

Toinon reconnut alors le neveu des gens qui logeaient au-dessus d'elle.

— Tu pleures?

— Non, continua le gamin.

— Pourtant je croyais t'avoir entendu tout à l'heure !

— Oui, mais... je me repose maintenant.

— Qu'as-tu?

— Qu'est-ce que cela vous fait ?

— Tes parents t'ont battu?

— Oui.

— Ils t'ont mis à la porte?

— Non... je me suis ensauvé.

— As-tu soupé au moins ?

— Non.

— Pauvre petit !

— Tu as faim?

— Non.

— Veux-tu venir avec moi... je te donnerai une bonne assiettée de soupe et un bon verre de cidre, ça te remettra.

— Avec vous... une assiette de soupe... un verre... non, non, je ne veux pas.

— Ne boude donc pas contre ton ventre, va, à ton âge on a toujours faim.

— Eh bien, oui, j'ai faim et bien faim même... mais ça m'est égal, je ne veux rien du tout de vous... ça m'est égal de mourir !

En ce moment Églantine ouvrait la porte en dessous, et entendant sa mère, elle demanda :

— Tu es là, maman?

— Oui, fit Toinon.

— Viens vite, le dîner est prêt.

Et une bouffée de parfums culinaires monta dans l'escalier.

C'était irrésistible.

Le gamin eut comme un soubresaut et quand Toinon le prit par la main il se laissa emmener sans plus de résistance, se cachant seulement les yeux sous son autre bras.

Mais quand il se trouva entre madame Tampon et Toinette avec une grande assiette, toute pleine, devant lui et Églantine qui lui disait de sa petite voix d'ange :

— Mais mangez donc… je vous assure qu'elle est bonne… la soupe !

Le gamin se remit à pleurer et à trépigner en disant :

— Non… non… je ne veux pas !

— Pourquoi enfin ne veux-tu pas manger ?

— Non!… ou bien flanquez-moi des calottes alors. Ah ! gueux ! ah ! canaille ! continua-t-il en s'appliquant à lui-même des soufflets qu'Églantine n'interrompit qu'à grand'peine.

— Vous ne me reconnaissez donc pas ? continua le gamin.

— Non, répondit Toinette.

— Je suis Marcel.

— Marcel !

— Oui... c'est moi qui, l'autre année... vous ai appelée assassine... et donné des coups de pied dans les os des jambes, même que vous êtes partie en boitant.

— Ah !... Tu m'as fait bien mal... Ça ne fait rien, va, mange tout de même.

— Et vous me donnez de la bonne soupe... et vous me donnez du bon cidre, ah ! madame Polyte, madame Polyte... que j'ai de regret !... Tout le monde vous appelait l'assassine... Alors moi j'ai fait comme les autres.

— Oh ! dit Églantine, ma pauvre maman qui est si bonne !

— Oui, mamzelle Églantine... Je le sais bien que c'est une bonne femme ! Je l'ai su depuis... Il y a longtemps que je vous ai reconnue, moi, madame Hippolyte, seulement je me cachais pour que vous ne me voyiez pas... oh ! là là... que ça fait mal... le mal qu'on a fait aux autres.

— Allons ne pleurez plus, continua Églantine, le bon Dieu a dit que celui qui regrette doit être pardonné.

Et, prenant dans ses bras Marcel tout barbouillé

de noir et de larmes, elle l'embrassa tendrement.

— Allons bon !... Voilà celle-là qui m'embrasse
maintenant ! cria le gamin... Ah ! ah ! ah ! non c'est
de trop !...

Pourtant Marcel se calma, il finit par manger
de fort bon appétit et quand on arriva au fromage,
le gamin riait même aux éclats.

Églantine et sa mère se sentaient toutes
joyeuses.

La mère Tampon même regardait tout cela
d'un œil émerillonné. Peut-être lui avait-on versé
un coup de trop... Ça grise le cidre de pommes
tapées !...

Il n'est si bon repas qui ne finisse.

Marcel parla de se retirer.

— Comment vas-tu rentrer ? demanda madame
Tampon... Veux-tu que j'aille intercéder pour toi
auprès de ton oncle et de ta tante ?

— Oh ! pas besoin... ils auront laissé la clef sur
la porte et ils dorment... demain on ne pensera
plus à rien.

En se couchant Églantine embrassa sa mère et
lui dit... tout bas :

— Je le savais bien, va, maman, que papa était

loin... loin d'ici pour avoir assassiné et volé...
seulement... je faisais semblant de rien pour ne
pas te chagriner... mais toi, pauvre mère, est-ce
que c'est de ta faute? est-ce que l'on devrait te le
reprocher?... Pleure pas, va, je t'aimerai pour tout
le mal qu'on t'a fait.

A partir de ce jour, Marcel et les Tampon de-
vinrent les meilleurs amis du monde, le gamin ne
passait pas devant la porte sans aller embrasser
la grand'mère et Toinon, mais devant Églantine
il s'arrêtait et restait là, tout rouge, n'osant pas, à
moins que celle-ci ne lui dît :

— Eh bien et moi?

Soit qu'il évitât de se faire battre, soit que l'or-
gueil lui fît dévorer ses plaintes, à partir de ce
moment, on n'entendit plus rien au-dessus.

Rien que l'oncle et la tante se disputant de
temps en temps.

Une fois l'oncle leva le poing si haut... si haut...
qu'il demeura le bras en l'air en jetant des cris
épouvantables.

La tante s'attendait à avoir au moins la tête
fracassée.

Mais voyant la grimace de son mari, elle demanda :

— Qu'est-ce que tu as... mais qu'est-ce que tu as donc?

— Oh! là là là là, répondit le mari.

— Tape donc!... J'aime mieux te voir taper que te plaindre ainsi.

— Je ne peux pas, j'ai le bras retourné.

La tante se mit à crier de son côté.

— Ah! mon Dieu, mon Dieu, mon mari qui a le bras retourné !

Toinon monta au bruit, envoya chercher un médecin, aida à soigner le malade, avança même quelque argent pour payer les médicaments; si bien que des relations s'établirent entre elle et les parents, comme avec le neveu.

Et le mari, obligé de garder son bras en écharpe pendant plus d'un mois, perdit l'habitude de battre personne.

A quelque chose malheur est bon.

D'ailleurs ces gens en valaient bien d'autres : l'homme était déchargeur de bestiaux à la Villette ; la femme, laveuse de vaisselle dans un grand restaurant et Marcel apprenti mécanicien, seulement leur éducation avait été un peu négligée.

XV

LA TIRELIRE

Le temps passait donc...

... Calme, comme ces lacs que l'œil embrasse d'un regard, qui le jour reflètent le ciel; la nuit, des milliers d'étoiles...

Et que ride à peine une brise légère.

L'une après l'autre les années tombaient dans le néant, vieillissant Antoinette, embellissant Églantine et faisant de Marcel, un homme.

Et chaque soir, en se couchant, Toinon disait :

— Merci, mon Dieu !

Églantine semblait au-dessus de son âge pour le courage et la raison.

Les cheveux ébouriffés, ses petits doigts tachés d'encre, elle était toujours à la besogne, utilisant

au travail les heures que d'autres donnaient au
jeu ou au repos. Oh! ce n'était pas tout à fait
sans chagrin qu'elle voyait ses compagnes mieux
mises qu'elle ou se racontant les belles fêtes qui
se donnaient chez leurs parents et les bonnes
choses qu'on y avait mangées; plus d'une fois
Églantine cacha sa tête entre les pages de son
dictionnaire pour qu'on ne vît pas la larme qui
lui venait aux cils... mais cela ne durait pas.

La mère n'aurait rien fait sans consulter sa fille.

Comme elle était fière, la pauvre Toinon, en
reconnaissant qu'Églantine, malgré son jeune
âge, était la plus sensée ainsi que la plus savante,
comme elle l'embrassait de bon cœur en lui disant :

— Tu as raison... Eh bien, tiens, moi je n'aurais pas pensé à cela.

Car les deux pauvrettes avaient de temps en
temps leurs petits embarras, oh! pas grands, mais
enfin... quelquefois le commerce n'allait pas,
d'autrefois il fallait fabriquer une robe avec les
morceaux de la vieille; les bottines coûtent cher
et jamais, non jamais, la misère ne doit montrer
ses haillons. Aussi l'affection si naturelle qui
unissait déjà ces deux êtres grandissait-elle

chaque jour, s'infiltrant dans leurs veines avec leur sang, dans leur âme avec le souvenir, dans toutes les sensations de leur existence; non seulement par les baisers qu'elles échangeaient, mais surtout par les souffrances de la lutte. Seule, elle est solide et durable, l'affection qui s'est cimentée dans la douleur!

Et ce qui donnait une si grande force à Églantine, était un désir secret, immense, d'arracher sa mère à toutes les misères de la vie.

— Va, disait-elle... je grandirai, je serai un jour forte, riche, je te ferai heureuse et fière... je te relèverai et si haut que les plus fières t'envieront!

Quels beaux rêves le cœur forme à son éclosion! Comme à cette époque de la vie on compte peu avec les fatigues et les sacrifices, comme tout semble facile, comme on se sent capable de belles et puissantes choses, comme on est grand!...

... Quand on est petit.

Églantine ne se contentait pas d'être une petite savante, elle voulait que tout le monde devînt savant autour d'elle, jamais une compagne ne la consultait en vain, elle enseignait ce qu'elle savait à qui voulait l'entendre, distri-

13.

buant, dans un admirable élan de générosité, la
seule chose qui fût à elle, ce qu'elle avait appris
et, un beau jour, elle annonça à sa mère et à
Marcel, qu'elle leur ferait la classe le soir.

— Ah! ah! apprendre à lire à mon âge, fit
Toinon en riant aux éclats... Enfin, si cela te fait
plaisir, je le veux bien...

Marcel, lui, ne riait pas. Il se mit à la besogne
avec une ardeur extrême.

C'était charmant de voir Toinon et Marcel
écouter gravement les discours de la fillette.

Toinon avait la tête dure.

Marcel, au contraire, comprenait facilement...
mais il lui arrivait aussi d'écouter plus la voix
que les paroles et de répondre à quelque savante
digression :

— Que tu es jolie, Églantine !

Ah ! dame! alors les coups de règle pleuvaient
dru Egosillez-vous donc pendant une heure pour
entendre de ces choses-là ! Eh allez donc! Eh allez
donc !

Mais c'est Églantine qui criait :

— Holà !

Quand elle avait tapé trop fort.

Impossible de dire combien ces scènes amu-

saient les voisins, madame Dupuis, l'oncle et la
tante de Marcel, quand, par hasard, ils se trouvaient là. Madame Tampon elle-même souriait
comme si une lueur de raison lui fût revenue.

Marcel mis en goût d'étudier ne se contenta
bientôt plus des leçons d'Églantine : il suivit les
cours du soir, ceux du dimanche ; lisant en man-
geant, lisant la nuit au lieu de dormir, sachant
que cela plaisait à Églantine, plus heureux de lui
obéir qu'il n'aurait été de lui commander.

Ah ! il était bien changé, Marcel !...

Ce n'était plus le gamin d'autrefois.

Ce n'est pas lui qu'on aurait rencontré dans
un cabaret ou au bal ; jamais un gros mot ne
sortait de ses lèvres ; il était toujours propre
dans sa cotte de travail, et, comme on dit, tiré à
à quatre épingles ; cela lui attirait bien de temps
en temps des quolibets de la part de ses camarades, mais comme il était fort, à tuer un bœuf
d'un coup de poing, et que ce poing, il l'avait
leste, les plaisanteries n'allaient jamais bien loin.

Au sortir d'apprentissage, Marcel était déjà si
bon ouvrier, que le patron lui accorda d'emblée
la journée entière.

A seize ans Églantine avait passé ses examens et

professait dans la maison où elle était entrée élève.

Églantine donnait l'idée légère et chaste d'un ange touchant la terre, sa taille était à enfermer dans les deux mains, ses pieds à confondre dans un baiser.

Sa voix allait au cœur comme une caresse, le cristal n'avait pas de notes plus pures, la fauvette chantant sur la branche fleurie, pas de plus doux accents, et quand son regard vous fixait... ce regard ordinairement voilé de longs cils, on se serait, si elle l'avait voulu, tout doucement mis à genoux devant elle.

C'est qu'au fond de ce regard profond, mystérieux, l'âme brillait d'une lueur céleste.

Quelles mains! Toutes petites, vives, adroites, pétries de neige et de satin.

Ses cheveux?... Elle était de cette nuance où se fondent le soleil et la nuit... Elle était châtaine.

Femme jusque dans les dernières fibres de son être, Églantine était d'une extrême faiblesse dans l'affection, d'une extrême énergie dans la lutte, prête à tous les sacrifices pour ceux qu'elle aimait, savante et fière, mais de cette fierté qui ne se reflète qu'en soi.

Dieu l'avait faite encens pour brûler devant lui!

— Et Marcel !

Marcel ?

Ah ! oui, Marcel... Èh bien mais il était en grandissant devenu un fort beau garçon.

De toutes les choses qu'Églantine avait étudiées
la musique était ce qui lui plaisait le plus ; ce
langage sans paroles, que parleront sans doute
nos âmes quand nous aurons dépouillé notre
enveloppe terrestre, lui semblait déjà le sien ;
quand ses doigts couraient sur le clavier d'un
piano, elle évoquait à son gré et les anges du
ciel et des fantômes cent fois plus beaux que
créait sa jeune imagination et ces mondes incon-
nus qui apparaissent en rêves comme de brillants
météores. Mais elle n'avait jamais travaillé qu'à
la pension et faites donc de la musique... au milieu de bambines charmantes, mais barbouillées
et taquines, qui viennent vous tirer la jupe et vous
crier :

— Mademoiselle... Fanny s'est assise sur ma
tartine.

— Mademoiselle... j'ai un pépin dans l'œil !

— Mademoiselle... par-ci, mademoiselle... par-
là.

On ne peut pas même étudier.

Aussi Églantine désirait-elle vivement posséder un piano, bien à elle, dans sa chambre, sur lequel elle pût travailler à son aise et s'abandonner sans contrainte aux caprices de son imagination.

Ce désir était partagé par Toinon, mais surtout par Marcel, qui adorait la musique et, dans la musique, Églantine qui la faisait.

Comment avoir un piano ?

Cela coûte cher.

Toinon avait bien eu l'idée d'en louer un, elle avait même à cet effet consulté un marchand, mais le marchand était venu voir en quelles mains il allait déposer son précieux chaudron, et reconnaissant que la maison était sans portier, pauvre, misérable... Eh bien, il n'avait rien envoyé du tout.

Oh ! cela avait été un gros chagrin.

Églantine avait vite essuyé sa larme, mais Toinon s'était indignée du peu de confiance qu'elle inspirait, et Marcel parlait tout simplement d'assommer ce marchand trop prudent, pour lui apprendre à vivre.

Mais il avait fallu se passer de piano.

Seulement, lorsque Églantine avait apporté son premier argent, les premières piécettes fruit de tant de peines, si belles, si bien sonnantes, si pleines d'espoir, Toinon lui avait dit :

— Ce sera pour t'acheter un piano.

— Ah ! maman, avait répondu Églantine... Et le terme ?

— Ah ! oui, il faut payer notre terme d'abord.

— Et une robe pour toi.

— J'attendrai bien.

— Et pour moi.. un chapeau... le mien n'est plus qu'un bibi... Ces demoiselles en rient, je t'assure.

— Oui, il faut t'acheter un chapeau, maintenant que te voilà sous-maîtresse il faut que tu représentes... Eh bien, le mois prochain.

— Le mois prochain il faudra autre chose.

— Alors... faisons une tirelire !

— C'est ça, une tirelire !

— Nous mettrons dedans toutes les pièces de quatre sous que nous recevrons.

— Il faut beaucoup de pièces de quatre sous pour acheter un piano.

— Et toutes les pièces du pape.

— Ce sera encore long.

— Eh bien, aussi toutes les pièces de cinq francs en or.

— C'est ça.

— C'est dit ?

— Quel bonheur! j'aurai donc un piano !

On acheta une belle tirelire en terre cuite qu'on plaça triomphalement sur la commode, on glissa dedans pour commencer sept francs soixante-dix centimes qui tombèrent au fond avec un bruit joyeux, et quand Marcel arriva, quand il vit cette tirelire et apprit ce à quoi elle était destinée, il s'écria comme inspiré :

— Tiens !... Bravo !... Ça, c'est une bonne idée.

Fidèlement, chaque pièce de quatre sous, chaque pièce du pape, chaque pièce de cinq francs en or que le hasard apporta, alla rejoindre les autres.

Et de temps en temps, Églantine, quand on ne la voyait pas, venait soulever la tirelire et disait avec un soupir :

— Pas encore bien lourde !...

— Enfin ça viendra.

Au bout de trois mois pourtant le poids parut s'accentuer.

Au bout de six... eh... eh... cela promettait...

Un an après...

C'était justement l'anniversaire du jour où pour

la première fois Marcel était était entré chez
Toinon.

On avait dîné ensemble pour célébrer la fête
et le repas, agrémenté cette fois d'une tourte au
godiveau, de vingt-cinq sous, avec une écrevisse
dessus s'il vous plaît, venait de s'achever quand
Églantine s'écria :

— Si nous comptions ce qu'il y a dans la tirelire ?

— Marcel devint tout à coup très pâle.

— Quelle idée ? fit Toinon.

— Eh ! repartit Églantine... C'est lourd... Je
t'assure.

— Oui... l'argent ça pèse... mais ça ne vaut
guère.

— Il y a aussi de l'or.

— Cinq ou six petites pièces seulement.

— Eh bien ?

— Non... Églantine... Il ne faut pas donner, à
l'argent qu'on met dans une tirelire, la mauvaise
habitude d'en sortir, parce qu'un jour ou l'autre,
si l'on est gêné, on prend... on prend et puis...

— Maman, on le remettra.

— Non.

— Oh ! je voudrais tant savoir la somme
qu'il y a.

— Il n'y a pas assez.

— Je le sais bien, mais cela nous amusera tout de même.

— Il n'y a pas assez pour sûr, mais fais comme tu veux...

En voyant Églantine se lever et courir à la tirelire, Marcel pâlit davantage, le pauvre garçon tremblait de tous ses membres, il était prêt à se trouver mal.

Nul ne s'en aperçut.

Toinon et Églantine étaient tout à la tirelire.

Après avoir choisi une belle place pour recevoir dignement ce qui allait tomber, Églantine renversa le bienheureux trésor et, riant en dessous, s'aidant de la pointe d'un couteau, elle attira d'abord :

Un franc.

Puis un autre.

Une... deux pièces de quatre sous.

Enfin !...

—Un louis fit Églantine... Tiens, un louis.

Toinon se mit à rire.

— C'est triché, ajouta Églantine, tu ne devais mettre au plus que des pièces de cinq francs.

— Excuse-moi, continua Toinon en riant tou-

jours... C'est l'autre fois après une bonne semaine... alors dans ma monnaie il y avait un Napoléon, si beau... si brillant... si neuf... que je n'ai
pas pu résister...

— Un Napoléon ?

— Oui.

— Ça, c'est un Louis XVIII !

— Ah ! bah !...

— Regarde.

— Tiens... oui... c'est ma foi vrai... je croyais
pourtant bien avoir mis un Napoléon... C'est
drôle !

— Ah !

— Quoi donc ?

— Encore un louis.

— Encore un !

— Encore deux... et puis trois... et puis des dix
francs, criait Églantine en continuant, bien que.
tremblant un peu, d'agiter son couteau dans
la tirelire... Ah ! çà, qu'est-ce que cela veut dire ?

— Par exemple... s'écria Toinon pâlissant à
son tour.

— Et encore.

— Mon Napoléon a donc fait des petits ?

— Encore, encore...

Et les pièces de cinq, de dix, de vingt francs continuaient de tomber pêle-mêle avec la monnaie blanche.

— Ah ! maman...

— Mais ma fille... je te jure que... et d'abord... où aurais-je pris tout cela ?

— Ce n'est pas toi ?

— Non.

— Tu en es bien sûre ?

— Si j'en suis sûre !

— La main sur la conscience ?

— Puisque je te le dis.

— Je le savais bien, va... ajouta Églantine en riant à son tour. Pauvre maman ! tu n'aurais jamais pu économiser tout cela en si peu de temps.

Et comme la pluie d'or avait cessé de tomber, Églantine reposa tranquillement sa tirelire sur la table et tendit son front à Marcel en disant :

— Merci !...

Marcel prit le baiser qui s'offrait à lui si gracieusement, puis, éclatant tout à coup en sanglots... ah ! en sanglots de joie, il murmura :

— Alors, Églantine, tu as donc deviné que c'était moi que... que c'était moi qui ?...

— Bien sûr !

— Et... tu acceptes ?...

— Oui, pourquoi pas ?... Est-ce que ce qui t'appartient n'est pas à moi, comme est à toi tout ce que j'ai ?...

Il y avait dans la tirelire près de cinq cents francs.

Marcel avait justement remarqué chez un marchand de bric-à-brac des environs un piano d'occasion qui lui avait paru en fort bon état; la question était de savoir si le ramage de l'instrument ressemblait à son plumage.

Dès le lendemain les deux jeunes gens allèrent donc l'examiner.

Ils n'étaient, jusqu'alors, jamais sortis ensemble.

Marcel, revêtu de ses beaux habits du dimanche, donnait le bras à Églantine, et tous deux marchaient à petits pas, pressés l'un contre l'autre comme s'il avait fait grand froid, étrangers aux passants, aux boutiques, à tout ce qui n'était pas eux.

Églantine pensait à son piano.

Marcel à... il eût été fort embarrassé d'expliquer à quoi.

Il avait mille choses à dire à Églantine, il avait à lui raconter toutes les joies, toutes les craintes de son passé d'amoureux, tout son bonheur présent, tous ses rêves d'avenir, combien elle était belle et comme il l'adorait, et pas un mot ne lui venait aux lèvres, pas une idée au cerveau, tout au plus parvenait-il à balbutier :

— Prends garde au trottoir, Églantine.

Ou bien :

— Voilà une voiture.

Jamais il ne s'était trouvé seul avec Églantine, et pouvant parler librement, il ne trouvait plus rien.

Quel bonheur ! quel supplice ! Avoir dans le cœur toutes les joies du ciel et de la terre, et ne pouvoir en tirer que ces mots :

— Il fait beau temps, aujourd'hui.

Voilà ce qu'éprouvait le pauvre Marcel.

L'amour retire certainement aux garçons l'esprit qu'il donne aux filles.

Mais Églantine trouvait sans doute cette conversation pleine d'intérêt, car elle ne faisait rien pour en changer le cours ; pourtant, comme elle sentait sur son bras battre très fort le cœur de Marcel, elle dit :

— Tu ne souffres pas ?

— Oh ! non, répondit Marcel ; si... je ne sais

pas au juste, mais puisse cette souffrance durer toute ma vie.

Et Églantine sourit.

Et Marcel oublia un instant qu'il était sur la terre.

Quoique les deux jeunes gens eussent pris le plus long chemin, ils arrivèrent tout de suite, mais tout de suite chez le brocanteur. Le temps se raccourcit pour les gens heureux, tandis qu'il s'allonge pour les misérables.

Pourquoi n'est-ce pas le contraire ?

Le piano se trouva bon, pas cher, l'affaire fut bientôt conclue.

Et quand Marcel, rentré chez lui et ramassant dans son cœur comme un trésor le souvenir des quelques instants qu'il venait de passer, s'aperçut qu'il n'avait pas dit vingt paroles à Églantine, et quelles paroles ! quels lieux communs ! quelles stupidités ! il se prit le front dans ses mains crispées et eut honte.

Peut-être, à son insu, avait-il, au contraire, été fort éloquent.

Le piano fut installé dans la pièce d'entrée qui, consacrée déjà à la cuisine et à la salle à manger, devint en même temps le salon de la famille.

Églantine s'y croyait au ciel.

— Quand donc marierons-nous ces enfants ? demanda la tante de Marcel à Toinon.

— J'y pense, et depuis longtemps, répondit celle-ci, mais il faut au moins que votre gars ait tiré au sort.

On attendit donc ce moment terrible.

Il fut rude à passer.

Églantine, quoique calme en apparence, ne mangeait plus, n'avait plus de goût à rien.

Marcel perdait le sommeil.

— Ah ! Églantine... s'il faut que je te quitte ! disait-il seulement.

Marcel tira de l'urne un bon numéro.

— Eh bien ! maintenant ? demanda la tante.

— Ils sont encore trop jeunes, répondit Toinon. Et puis se marier... avec quoi ?

Marcel va passer tâcheron, et il est sûr alors de se faire ses vingt francs par jour.

— Mais il ne les a pas encore.

— Non.

— Attendons. Et puis, vous savez que mademoiselle Dusseaux parle de se retirer et de céder sa maison à ma fille.

— Ah ! faudrait de l'argent.

— Un peu.

— Je comprends ça.

— Il n'y a pas, il faut patienter et travailler encore ; du reste, ces enfants, pourvu qu'ils se voient de temps en temps, ils n'ont pas l'air de demander autre chose.

— Allons donc ! madame Polyte... vous voulez rire.

— Je sais bien ce que pense ma fille.

— Et moi ce que désire mon garçon.

— Enfin, voulez-vous les marier sans le sou ni la maille, les mettre dans la misère ?

— Non, non !

— Eh bien, attendons qu'il y ait du foin au râtelier.

— Vous avez raison, madame Polyte. Pourvu que cela se fasse un jour.

— Pardi ! puisqu'ils s'aiment.

Certes, Églantine et Marcel s'aimaient ardemment, d'un amour qui avait grandi avec eux et qui coulait avec leur sang dans leurs veines et ne pouvait plus tarir qu'avec lui.

Ils avançaient dans la vie, la main dans la main, pleins de courage et d'espérance, remerciant Dieu sans lui rien demander.

..... Lorsque...

14

XVI

LE RETOUR DU PÈRE PRODIGUE

Un soir, Antoinette et Églantine allaient se mettre à table, auprès de la vieille Tampon déjà assise, lorsque des coups de poing retentirent à la porte.

— Qu'est-ce ? fit Toinette, saisie d'un étrange pressentiment.

Églantine se hâta d'ouvrir.

Alors entra un homme avec le regard louche, la lèvre bavant au fond d'une barbe sale, épaisse, la chemise en loques tombant d'une cravate immonde et aussi des savates au travers desquelles passaient de gros doigts rouges...

Un être hideux enfin.

Il ne salua pas.

Il dit seulement d'une voix enrouée :

— On soupe donc les uns sans les autres, ici ?

— Lui !...

— Eh bien oui, moi... ça vous étonne ?...

— L'assassin !... exclama madame Tampon, soulevée de sa chaise comme par un mouvement convulsif.

Elle seule avait reconnu son fils.

— Polyte !... dit Toinon atterrée.

— Pap... murmura Églantine, mais la voix expira sur ses lèvres.

— L'assassin !

— De quoi ! de quoi !... exclama Polyte ; assassin !... Ah ! çà, la mère, tu ne connais donc pas c'te vieille loi ? J'ai fait ma peine, c'est-à-dire que l'Empereur, un zig, celui-là, m'a gracié, ce qui revient au même. Je suis blanc comme neige à présent, entends-tu ? Et nom de nom ! personne n'a le droit de me parler plus haut que le nez !... ah ! mais !...

Et il s'assit.

— Ah ! continua-t-il, c'est ainsi que l'on m'embrasse, qu'on fête mon retour ?

— Mais, répondit Toinette essayant de secouer son épouvante, mais...

— Mais... je m'en bats l'œil... me v'là, c'est le
principal. J'ai faim, je mange ; j'ai soif, je bois.
Merci bien !

Et se servant lui-même, il ajouta :

— Bon, ce petit cidre, mais j'aimerais mieux
du vin ; pas mauvaise, la ratatouille ; ça vaut
mieux que l'ordinaire de là-bas !

— Assassin !

— Encore ?... A quoi sert alors ce que je viens
de te dire ? grommela-t-il en s'adressant à sa mère.
Comme elle me regarde... Eh ben, après ?... Elle
est donc folle, cette vieille-là ?

— Vous le savez bien, fit Toinette, je vous l'ai
écrit.

— Vous !... Tu me dis vous, à c't'heure ?... des
manières avec Bibi ?... Oh ! là là !..,

Tout en parlant, Polyte continuait de manger,
entrecoupant seulement les bouchées qu'il engouf-
frait par des phrases sans suite.

— Et vous ?... Ça fait du bien où ça passe...
vous ne mangez pas, alors ?... Vous savez, si le
cœur vous en dit... vous gênez pas... je vous
invite. Non, tant mieux, m'en restera davantage.
Vous me croirez si vous voulez, je ne suis pas
fâché d'être revenu. C'est pas qu'on soit mal, là-

bas, non, mais... bon pour ceux qui aiment les
voyages... à ma santé. Moi, les voyages, pas mon
fort. Le fromage... ousqu'est le fromage?... Comment, il n'y a pas de fromage ici? Quelle boîte!
Dorénavant m'en faudra du fromage et du vin...
Tu entends bien, Toinon? Passe pour aujourd'hui,
parce que tu ne t'attendais peut-être pas à ma visite... quoique pourtant le cœur aurait dû t'aver-
tir... enfin, nous reparlerons de cela, mais une
autre fois, m'en faut, du fromage, et de l'anisé encore; ça tue le ver et ça aide à le boire. Eh! eh!...
bon, le calembour... Allons, encore à ma santé!
deux fois, c'est pas de trop... merci bien.

— Assassin!

— Ah!... elle ne va pas me lâcher le coude...
Veux-tu te taire! Ça m'assomme, moi, à la fin,
qu'on me manque de respect. Et puis elle me regarde... elle me regarde... Tes yeux ne sont pas des
pistolets, vieille bête... Emmenez-la coucher, nom
de nom! A c'te niche, tout de suite, à c'te niche!

— Emmène coucher ta grand'mère, Églantine,
fit Toinon.

Quand toutes deux furent parties, Polyte, qui
était resté le verre en l'air, dit:

— C'est Églantine, ça?

14.

— Oui, répondit Toinon.

— Tiens... tiens... tiens...

— Vous dites ?

— Je dis : Elle est rien bath !... non !

Polyte alluma sa pipe et se mit à en tirer d'épaisses bouffées.

— Musch !... ajouta-t-il... Pas comme toi, ma vieille, fâché de te le dire, mais tu es rasée, ratiboi-sée au superlatif, quel décatissage... Oh ! là là... voyons, tu as donc été enterrée pendant quelques semaines ?

— Enterrée ?

— Avoue-le franchement ?

— Plût au ciel que je le fusse pour tout de bon.

— Allons !... Elle se fâche,.. On ne peut donc pas avoir le plus petit mot pour rire... Tu n'as ja-mais été enterrée... soit, je te crois... Mais tu en as bien l'air.

— J'ai tant souffert en ce monde !... Ce n'est donc pas fini, mon Dieu !

— Oh ! son Dieu !... Là là !...

.   .   .   .

— T'as souffert ?... continua Polyte... Ah ! oui.. mon absence, je comprends... Pleure plus, ma

vieille branche, pleure plus, me voilà revenu...
Je te revaudrai cela... Allons, viens bécoter Bibi...
On te le permets... puisqu'on te le permets que
je te dis... avec cette tête-là, ça ne fait rien... approche tout de même, mais après ça sera seulement les jours de fête, pas vrai ?

— Oh ! fit Toinon avec horreur !

— De quoi, parce que je n'ai pas fait ma
barbe... Oh ! faut à madame des bécots à l'amande
douce... On t'en fichera... Oh !... Eh bien, elle ne
revient donc pas ?

— Qui ça ?

— Églantine.

— Elle couche votre mère.

— C'est bien long.

— Que lui voulez-vous ?

— Je veux... lui octroyer ma bénédiction pa-
ternelle, avec la manière de s'en servir, gratis,
ça fait bien avant d'aller au pieu.

— Elle se passera de...

— Oui, mais pas moi... Je suis-t'y son père ou
je le suis-t'y pas ?

— Vous !

— Devant la loi ?

— Hélas !

— Alors qu'elle arrive et plus vite que ça...
que je la bénisse et aie donc !...

— Églantine ! fit Toinon.

— Me voici, maman, répondit la jeune fille
apparaissant pâle, tremblante, les yeux rouges.

— Oui... ben gentille... un miel, murmura
Polyte... approche.

— Mon père !

— Plus près... allons, encore plus près... Est-ce
que je te fais peur ?... Cré nom de nom ? Approche donc !...

Églantine lut alors dans le regard du vaurien
un désir si répugnant et si vile qu'elle recula en
criant :

— Non !

Polyte voulut la saisir, mais il n'arriva que
pour se heurter à la porte qu'Églantine venait de
refermer sur elle.

D'un coup d'épaule, il enfonça la porte.

Mais il recula vivement.

Il venait d'apercevoir devant lui, non pas
Églantine qu'il cherchait, mais la vieille Tampon
debout, immobile comme une statue de marbre
et lui criant encore :

— Assassin !

— Toute la vie alors, fit-il... en se retournant vers Toinon, serrant les poings et prêt à passer sur elle sa mauvaise humeur.

Toinon avait saisi un couteau.

Elle regardait son mari avec une si ferme assurance que celui-ci s'arrêta, stupéfait, il l'avait connue autrefois si douce, si soumise, recevant les coups avec tant de résignation !

Comme on change !

C'est qu'autrefois, Toinon n'avait pas encore sa fille à défendre.

Polyte tourna un instant sur lui-même, hésitant, et il finit par dire :

— Ousque je couche ?

— Vous restez donc ici ?...

— Si je... Elle est bonne, non elle est bien bonne... Tu me demandes si je reste ici... Eh bien, est-ce que je ne suis pas chez moi, ici... chez toi, c'est chez moi... Est-ce que tu n'es pas ma femme ? Si je... tu vas un peu voir.

Il se mit alors à retirer ses haillons.

Quand il eut fini :

— Eh bien, voyons, dit-il... J'ai froid, où ?

— Là... fit Toinon en montrant son cabinet.

— Viens-tu ?

— Jamais !

— Tant mieux... j'aurai plus de place !...

Et après être entré dans le cabinet, il revint passer la tête par la porte entre-bâillée et dire en ricanant :

— A propos... Bonsoir !

XVII

RENDEZ-LES DONC A LEURS FAMILLES ET A LA SOCIÉTÉ

Toinon passa la nuit sur une chaise, en proie aux plus poignantes réflexions.

Tant que son mari était resté à Cayenne, elle avait conservé pour lui un reste de pitié, cette pitié venait de se changer en horreur. Toinon eût peut-être encore accepté d'être maltraitée, battue : la femme comme le chien, comme le cheval, se façonne aux plus mauvais traitements, sans haine, sans idée de vengeance, sans chercher même, à y échapper, tant est grande sur elle l'influence du maître, mais Églantine !... quoi Églantine, elle aussi allait être condamnée à vivre dans cet enfer ! Elle allait être témoin de scènes hi-

deuses, subir les insolences... pis que cela, les caresses du monstre et... tout à coup, revint à l'esprit de Toinon ce regard ignoble que Polyte avait
jeté à Églantine et le souvenir des choses pas-
sées... Oh ! non... non... c'était impossible... Mais
que faire ? Pourquoi, au lendemain de la condamnation d'Hippolyte, Toinon n'avait-elle pas demandé sa séparation ? Pourquoi n'avait-elle pas
marié plus tôt Églantine à Marcel ?... Pourquoi ?...
Oh ! pourquoi ne l'avait-elle pas déjà envoyée à
Raoul ? Car si Toinon avait tant tenu à faire
d'Églantine une belle demoiselle, c'était pour la
conduire un jour à son véritable père en lui disant :

— Si vous m'avez repoussée... elle, au moins,
est digne de vous, prenez-la, aimez-la, donnez-lui
dans le monde la place qu'elle mérite si bien.

Hélas ! tout en caressant ce projet, la pauvre
mère n'avait pu encore se décider à l'exécuter,
c'était si dur de se séparer de tout ce qu'elle avait
aimé en sa vie !... Ah ! pourquoi n'avait-elle pas
été plus forte ?... Tout cela si facile autrefois
devenait maintenant long, difficile... que faire ?...

Que résoudre ?

C'est un baiser d'Églantine qui vint arracher
Toinon à sa rêverie.

— Comment ! Tu ne t'es donc pas couchée ?...

— Non, répondit Toinon. Je n'ai pas eu envie
de dormir, va !

— Et...

— Il est ici, ajouta Toinon, montrant le cabinet
et faisant signe à sa fille de parler bas.

— Mon père !...

Toinon n'eut pas la force de répondre.

Elle laissa tomber son front entre ses mains et
se mit à pleurer amèrement.

— Ne pleure pas, mère, murmura la jeune fille,
ce n'est pas ta faute, n'est-ce pas ?

— Oh ! non...

— Je n'ai pas pu l'embrasser hier !... oh ! je
m'en veux, je m'en suis repentie toute la nuit, je
t'assure, et désormais...

— Ma pauvre Églantine !

— Ne pleure plus, je t'en supplie.

— Me pardonneras-tu de t'avoir mise dans les
griffes d'un tel être ?

— Maman !

— Qu'ai-je fait, mon Dieu ! qu'ai-je fait là ?

— Il n'est peut-être pas si mal... Tu sais, la
misère, les souffrances changent les meilleurs...
Je tâcherai de l'aimer comme je voulais, comme

15

j'espérais l'aimer un jour et à force de soins, de bonnes paroles, de caresses...

— ... Tais-toi !

— Nous le ramènerons au bien.

— Jamais...

— Tu verras que...

— Je ne veux pas que tu restes ici une minute de plus... Oh ! tu ne peux respirer l'air qu'il empeste... chaque mot, chaque geste de cet homme est pour toi une souillure...

— Mon père !

— Lui ton... oh ! mon Dieu !

— Tu me renvoies ?...

— Ne dis pas que je te renvoie, Églantine... Tu sais bien que tu es tout mon bonheur... mais... en attendant que j'obtienne une séparation définitive... il faut que tu t'absentes... ne me demande pas pourquoi... comment... il le faut, il le faut.

— Bien loin ?

— Non... oh ! non... j'y songe... si tu restais à ta pension ?

— Te laisser seule avec...

— Fais ce que je te dis... Mademoiselle Dusseaux voudra-t-elle ?

— Sans doute... Je crois même qu'elle ne

demanderait pas mieux que de m'avoir à demeure.

— Tu lui diras que... que... ce que tu voudras... mais ne remets pas les pieds ici tant qu'il
y sera... et pars vite, avant qu'il ne s'éveille.

— Tu viendras me voir ?

— Tous les jours... je te porterai ce dont tu as
besoin.

— Et... Marcel?

— Je lui parlerai de toi.

— Maman...

— Va, ma fille... nous ne nous séparons que
pour peu de temps et il le faut.

— Quoi, te quitter !

— Va, va...

Après s'être embrassées une dernière fois, la
mère et la fille se séparèrent, celle-ci en s'essuyant
les yeux.

Elle avait à peine atteint l'étage du dessous
qu'une voix lui dit doucement :

— Églantine?

— Marcel...

— Qu'ai-je appris, continua Marcel, ton père est
revenu ?

— Oui.

— Et...

— Je m'en vais.

— Tu t'en vas !

— Maman ne veut pas que je reste un instant de plus ici.

Et penchant son front sur l'épaule du jeune homme, Églantine se mit à pleurer de nouveau.

— Je ne comprends pas, murmura Marcel, tout pâle.

— Moi non plus... oh ! Marcel... malgré ce que mon père avait fait, je l'aimais, oui, je te jure que je le plaignais d'être loin de nous, souffrant, malheureux, j'aurais voulu au prix de mon sang racheter sa faute... eh bien... je l'ai revu, Marcel... Oh ! c'est mal ce que je vais dire... mais... mon père... il me fait peur !... pourquoi?... je ne sais pas...

— Ta mère ?

— Mon Dieu qu'elle souffre... mon Dieu... mon Dieu !...

— C'est étrange, sans doute ton père... Enfin que puis-je faire pour vous deux ?

— Rien... mon pauvre Marcel... rien...

— Où vas-tu?

— A ma pension. Je vais demander à mademoiselle de me garder pendant quelque temps…. pendant que maman…

— Et… à ta pension… pourrai-je te voir ?

— Oh !… non… pense donc !

En ce moment une porte s'ouvrit.

— Si c'était lui ! s'écria Églantine en descendant précipitamment quelques marches.

C'était Toinon.

— Ah ! te voilà, Marcel ? Eh bien, tu as appris le retour de mon mari ?

— Oui…

— Eh bien, je ne sais encore que faire, que résoudre… attendons… je suis contente de te rejoindre, ajouta-t-elle en s'adressant à Églantine, j'ai pensé que je devais t'accompagner à ta pension… cela vaudra mieux… adieu, mon pauvre Marcel.

— Ah ! madame Hippolyte !…

Dans la rue Toinon aperçut quelques voisines qui causaient à voix basse, elle comprit qu'il s'agissait du retour d'Hippolyte et passa sans répondre aux saluts embarrassés qui lui étaient adressés.

Pendant que Toinon et sa fille se dirigeaient

vers la pension, madame Dupuis montait l'escalier. Elle trouva Marcel resté à la même place.

— Bonjour, Marcel ! fit-elle.

— Bonjour, madame Dupuis... vous voilà revenue ?

— Oui... j'ai été un peu malade hier et avanthier, mais aujourd'hui ça va mieux et je reprends mon petit service. Eh bien, en voilà une nouvelle ! Madame Hippolyte, que l'on croyait veuve, est mariée... et avec qui, mon Dieu !...

— Oui, il y a des choses dans la vie... qui ne sont pas drôles !...

— On ne parle que de cela dans le quartier.

— Et malgré tout ?...

— Pourquoi donc !... je n'en aime que plus madame Hippolyte et Églantine.

— Elles sont sorties...

— Peu importe, j'ai une clef.

A peine madame Dupuis était-elle entrée chez Toinon qu'elle ressortit tout effarée...

— Ah ! cet homme, criait-elle... ce n'est pas un homme, ça, c'est un monstre !

— Que vous a-t-il donc fait ? demanda Marcel.

— Ce qu'il m'a fait ! j'ai entendu qu'il criait Toinon !... Eh Toinon !... alors j'ai ouvert la porte du cabinet et j'ai répondu : Elle est sortie... Sortie ? qu'il a dit, — oui, — qu'est-ce que vous voulez, vous ? — Je ne veux rien. — Qu'est-ce que vous venez fiche ici... et c'est pas fiche qu'il a dit, — Le ménage. — Comment le ménage !... le ménage... le ménage !... il y a trois femmes dans la boîte et il faut encore une bonne !... une bonne à madame !... décampez tout de suite ou je vous flanque par la fenêtre... Alors comme je restais là sans comprendre ce que cela voulait dire.., il s'est levé... j'ai eu peur... et je me sauve... Ah ! en voilà un homme !... Pauvre madame Hippolyte ! Pauvre Églantine !

Pendant que madame Dupuis descendait l'escalier, de toute la vitesse que lui permettaient ses vieilles jambes, Marcel remonta tout soucieux.

A la pension, Toinette raconta que son mari, qu'elle croyait mort dans les pays lointains, venait de reparaître et que le logement se trouvant trop restreint pour tant de personnes, elle priait mademoiselle de garder Églantine tout à fait.

Mademoiselle aimait Églantine et sa mère, elle consentit de grand cœur à cet arrangement et Toinette, un peu tranquillisée, s'en alla chez un

fripier, acheter des vêtements pour Hippolyte; elle
ne voulait pas qu'on le vît en guenilles.

Quand elle rentra, Polyte s'était rendormi.

Elle en profita pour mettre les habits nouveaux
à la place des vieux, et ranger un peu le ménage.

Tout à coup Polyte cria :

— Toinon !

— Que me voulez-vous? répondit-elle.

— Qu'est-ce que c'est que ça ?

— Quoi ça ?

— Ça...

— C'est des vêtements neufs.

— Des vêtements neufs?... pourquoi faire ?

— Allons donc !... vous ne pouvez pas vous
montrer couvert des loques que vous portiez
hier.

— Ça me plaît, à moi, les loques.

— D'abord je les ai jetées.

— Tu as jeté mes vieux habits cré nom !...
ah ! cré nom de nom !... mâtine... satané nom de
nom !

Tout en jurant et tempêtant, Polyte endossait
son nouveau costume ; après avoir tourné plusieurs fois sur lui-même il fit la grimace et dit :

— Tu ne t'es guère fendue.

— Plaît-il? répondit Toinette.

— Je veux dire que tu aurais pu choisir quelque chose de mieux... de plus... rup !

— Avec quoi?

— Comment avec quoi... avec de l'argent...
bien sûr.

— Je n'ai pas d'argent.

— Tu n'as pas d'argent... Faut pas me la faire...
j'ai visité l'appartement tout à l'heure... Très bien
le bocal. Il y a du linge et même de trop, c'est de
l'argent qui dort, il y a un piano.

— Le piano est à Églantine.

— Elle tape là-dessus?

— Elle étudie la musique.

— Joue-t-elle du cor de chasse?... moi en fait
d'instruments à cordes j'aime que le cor de
chasse... non... Elle ne joue pas du cor de
chasse?... Alors zut pour la musique, n'en faut
plus, on lavera le piano.

Hippolyte avait achevé de s'habiller.

— Vous sortez? demanda Toinette.

— Oui... je vais aller faire un tour de ballade...
prendre mon absinthe, en attendant l'heure de la
bouffe, voir les anciens, s'il en reste.

15.

— A. quelle heure voulez-vous dîner ?

— A l'heure qu'il sera quand je reviendrai... Et
que ça soit cuit à point ! Ah ! çà, t'as pas fini, toi,
de me dire vous, toujours vous ?

— Ça vous gêne ?

— Oui... non... au fait... t'as peut-être raison...
c'est plus respectueux et on doit toujours être
respectueux envers son homme... quand on a le
bonheur d'en posséder un... Toutes les femmes
devraient dire vous aux hommes. Aboule maintenant.

— Quoi ?

— La braise.

— La...

— Eh oui... d'la monnaie... pour mon absinthe.

— Voilà vingt sous.

— Guère !

— Encore une fois je n'ai pas d'argent.

— On en fera... puisqu'on lavera le piano. Ah !
à propos, ce soir, tu serviras la vieille dans sa
chambre jusqu'à ce que nous la mettions quelque
part, au mont-de-piété ; on ne prêtera pas grand'-
chose dessus, mais tu sais, moi je ne veux plus de
cette tête-là devant mes yeux... elle me gêne... à
m'appeler toujours assassin... c'est pas que ça

déshonore, mais ça manque de politesse, moi m'faut de la politesse... beaucoup de politesse... Tu m'entends... à revoir.

Quand Hippolyte rentra, le soir, il était gris.

Il mangea sans dire un mot, puis au dessert, quelques verres de vin, — car Toinon, pour lui, avait acheté du vin, — l'ayant achevé, il bourra sa pipe, se mit à fumer et pleurer tout ensemble, quittant sa pipe pour gémir, et cessant de gémir pour lâcher d'épaisses bouffées de tabac...

— Qu'avez-vous ? lui demanda Toinon...

— Hi! hi!... de tous les anciens, je n'ai retrouvé que le Chef... et encore dans quel état... c'est lui qui m'a reconnu.

— Qui ça le Chef ?...

— Eh bien le Chef... Le Chef, t'as pas besoin d'en savoir plus long... tous les autres sont morts, hi! hi!... Trou-d'-Balle, Jambe-de-Coq, Ventre-d'O-sier... en prison... Niniche, Euphrasia à l'hospice.

— Vous les aimiez donc bien ?

— Moi... pas du tout... seulement je songe que pareille chose aurait pu m'arriver... quel malheur !... si ça m'était arrivé !

Là-dessus, Polyte alla se coucher.

Le lendemain Antoinette lui demanda :

— Que comptez-vous faire aujourd'hui ?

— Eh bien... ce que j'ai fait hier.

— Et demain ?

— Ce que je ferai aujourd'hui.

— Et après-demain, le jour d'ensuite... et les autres ?

— Toujours la même chose, rien.

— Rien ?

— Rien... Plus souvent qu'ayant trois femmes à mon service, je me foulerais la rate, ça ne serait pas à faire...

— Madame Tampon à demi paralysée ne peut plus gagner sa vie.

— Que tu dis?... Moi j'ai réfléchi et je trouve qu'on pourrait encore l'utiliser en la mettant sur un pont avec un écriteau sur le ventre et où il y aurait écrit : Paralytique de naissance. Si elle était aveugle ou cul-de-jatte, ça vaudrait mieux, mais enfin... on fait ce qu'on peut, je ne demande pas l'impossible.

— Jamais !

— Comment jamais ? qui est-ce qui a dit jamais ?

— Moi...

— Toi !... T'oses... Cré nom de nom !... je ne suis donc plus le maître ici ?... Ah ! faudrait voir !

— Jamais votre mère ne mendiera.

— Tu es donc bien fière !... oh ! là là... Au fait
dans quelle partie que tu travailles, maintenant ?

— Je suis marchande des quatre saisons.

— Parfait !... Tu me demandes ce que je compte
faire... eh bien voilà mon blot : Je t'accompagne-
rai dans ton commerce, tu pousseras la voiture et
moi je crierai : Ah ! des choux, des poireaux, des
carottes... navets ! navets ! ou bien encore, pas
fier moi, ç'a m'est égal ! — A la ba... ar... arque,
quat'sous la douzaine, et pas bête, je ramasserai le
pognon, ça sera rigolo.

— Non, non.

— Ah ! chaleur !...

— Vous me feriez bientôt perdre toutes mes
pratiques.

— Laisse donc... Je les appellerai ma biche : je
leur-z-y pincerai les z'hanches et ça les fera, au
contraire, accourir en bataillon serré.

— Du tout.

— T'es jalouse... Je vois ça... aie donc pas peur,
va, puisque ça sera pour la frime.

— Mon commerce n'est pas assez brillant pour
faire vivre deux personnes, il faut que vous vous
occupiez autrement.

— Ah ! Eh ben et Églantine... Elle est d'âge à cracher au bassinet, que je pense... Au fait où donc est-elle ?... Je ne l'ai pas vue hier soir.

— Elle n'est pas rentrée.

— Pas rentrée... hier soir... Je comprends ça... mais ce matin ?

— Que comprenez-vous ?

— Eh bien !

— Oh ! mon Dieu.

— Oh ! son Dieu !... toujours, son Dieu !... oh ! là là !

— Que comprenez-vous, misérable ?...

— Des mots !... Puisque je te dis que je comprends ça... Tu as tort de te fâcher !

— Sachez qu'Églantine est honnête !... Elle est sous-maîtresse dans un pensionnat de jeunes filles et elle y reste...

— Jour et nuit ?

— Jour et nuit.

— Fêtes et dimanches ?

— Certainement.

— Toute la vie alors ?

— Sans doute.

— Et ça rapporte ?

— Cinquante francs par mois.

— Pour si peu !... oh ! là là... Ah bien ! voilà
encore une chose que je changerai... T'as pas
honte, hein ? pour cinquante francs par mois de
tenir une jeunesse en esclavage, et de lui refuser
tout agrément, toute satisfaction. Je l'aime, moi,
cette petite, je veux y faire son bonheur. Et si elle
découche, faut que ce soit pour plus cher que cela.
Tu vas me l'aller chercher tout de suite... Non?...
Eh bien ! j'irai moi-même, ousqu'elle est sa pension?... C'est-y pas la pension Dusseaux dont j'ai
vu hier l'enseigne ?... Eh bien ! j'irai... Ah ! ah !
mais !... Je le veux, entends-tu, car je suis son
père... devant la loi... ah ! je le crois qu'il était
temps de revenir m'occuper de nos affaires :
une paralytique sans écriteau, une femme qui ne
gagne que pour elle, une fille... qui pourrait nous
faire millionnaire et qui... nom de nom !... quel désordre, mes amis, quel désordre ! oh ! là là !... sois
tranquille, j'arrangerai tout cela... aboule encore,
en attendant.

Antoinette regardait Hippolyte, l'œil hagard, les
mains crispées, comme folle...

— Aboule donc, continua Polyte.

Toinon jeta sa bourse sur la table, sans répondre, elle étouffait.

— C'est bon... Tu es plus raisonnable aujour-
d'hui qu'hier... Tu m'as entendu, va chercher ta
fille et que ce soir elle soit ici, m'la faut, au revoir !

Quand Hippolyte fut parti, Toinon courut à la
pension.

— Ah ! madame Hippolyte vous arrivez à propos, s'écria mademoiselle Dusseaux, qu'ai-je appris ! Quoi, Églantine a pour père un condamné !
Et cet homme est revenu. J'aime votre fille comme
si elle était la mienne, madame Hippolyte, mais
vous devez comprendre que la garder chez moi
serait perdre ma maison, je ne puis, je ne puis ;
demandez-moi tout ce que vous voudrez mais pas
cela.

— Je viens justement la reprendre, répondit
Antoinette.

Églantine qui pleurait dans un coin sauta au
cou de sa mère.

Ne te réjouis pas encore, mon enfant, continua
celle-ci, il serait venu te chercher ici... c'est ailleurs qu'il faut te cacher.

— Cet homme ici, ici, quel scandale !... s'écria
mademoiselle Dusseaux épouvantée.

— Rassurez-vous, puisqu'Églantine part.

— Ne m'en veuillez pas, madame Hippolyte...
Églantine, pardonne-moi.

Les trois femmes s'embrassèrent tendrement.

— Je connais, poursuivit Antoinette, une personne puissante et riche qui se chargera de mon
enfant, du moins je l'espère.

Et elle dicta, à Églantine, la lettre suivante
adressée à M. Raoul d'Avrimont, rue de Bellechasse.

« Monsieur,

» Il y a bien longtemps, dans un élan de bonté
» dont je vous serai éternellement reconnais-
» sante, vous avez bien voulu venir m'offrir vos
» secours, mon mari, Hippolyte Tampon venant
» pour crime d'assassinat d'être condamné aux
» travaux forcés à perpétuité ; ces secours, je les
» implore aujourd'hui, à genoux. Je n'ai qu'une
» fille, belle et bonne, je ne puis la garder plus
» longtemps près de moi, prenez-la... placez-la si
» vous ne pouvez la garder près de vous... mais
» quelque chose me dit que vous la garderez et
» puissent les bénédictions du Ciel vous recom-
» penser de cette bonne action !

» Agréez, monsieur, et à l'avance, les remercie-
» ments de votre humble et dévouée servante.

Et Toinon signa.

» Femme HIPPOLYTE TAMPON. »

Puis elle dit à Églantine en l'embrassant une
dernière fois :

— Va maintenant !

Quand Toinon rentra, Hippolyte l'interrogea du
regard.

— Je suis allée au pensionnat, répondit-elle,
comme vous me l'aviez commandé.

— Bon... Églantine va revenir ?

— Non.

— Ah ! bah !...

— Je l'ai envoyée ailleurs.

— Où ?

— Cette fois vous ne le saurez pas.

— Cré nom !

— Ah ! jurez... criez...

Et comme Polyte levait la main.

— Tuez-moi si vous voulez, ajouta-t-elle, vous
ne le saurez pas.

Le bruit d'un soufflet retentit dans la chambre, puis un cri... un seul.

Deux portes à la fois s'ouvrirent.

Par l'une apparut madame Tampon, qui arrivait chancelante, mais l'œil brillant de colère.

Et par l'autre, Marcel.

Ce dernier, pâle de colère, balbutia :

— En voilà assez, hein!... J'entends tout de là-haut... et si vous recommencez!... Mais d'abord demandez pardon à madame Hippolyte... Demande donc pardon, gredin!...

Et saisissant par la barbe Hippolyte qui grimaçait de douleur, il le jeta d'un seul coup aux genoux d'Antoinette.

XVIII

L'HOTEL D'AVRIMONT

Raoul et Perpétue habitaient un petit hôtel quelque peu déjeté, pas mal humide, très sombre mais portant à son fronton un écusson que coiffait dignement la couronne comtale.

Ah ! mais !

Ce qui n'était pas peu de chose ; car enfin, les passants, gens auxquels la chose est d'ailleurs absolument indifférente, pouvaient croire que ces armes étaient celles des d'Avrimont.

L'entrée de l'hôtel était fermée par une porte si lourde, si massive que le suisse en avait un tour de reins chaque fois qu'il pensait à l'ouvrir. On trouvait en entrant, tout de suite à gauche, un large escalier avec des marches en pierre, une

balustrade en pierre, un plafond en pierre, tout
en pierre et où la traîne de madame pouvait se dé-
velopper à l'aise au moins jusqu'au premier
étage; puis des pièces trop hautes pour les
maîtres, trop basses pour la valetaille et derrière,
dans une cour, où jamais le soleil n'apparaissait,
se trouvaient les écuries, les remises et deux
arbres rabougris.

Enfin c'était un hôtel humide l'hiver, glacial
l'été, admirablement disposé pour donner un
avant-goût des joies de la dernière demeure, digne
en un mot de gens aussi comme il faut que
l'étaient ses nouveaux habitants.

Le premier soin des jeunes époux avait été
d'oublier leur nom patronymique de Beloison,
pour se faire appeler M. et madame Raoul d'Avrimont, ce qui sonnait mieux, mais fâcha fort le
papa Joseph. Ce vieil entêté, entièrement étranger
aux belles manières, ne comprenait pas qu'on
acceptât ses écus et point son nom.

Beloison!

— J'en suis fier, disait-il en se frappant la poitrine, car ce nom... c'est le mien!

On meubla l'hôtel avec aussi peu de goût que
possible.

On y fit venir le Commandeur et la noble madame des Poirieux afin de mijoter plus sûrement leur héritage.

Et l'on se prépara à jouir de la vie.

Le jour on rendait des visites.

Le soir on jouait aux dominos.

Mais M. le Commandeur s'endormait toujours et madame des Poirieux, un peu tricheuse, ne posait jamais le dé demandé. Il est vrai que, sourde comme elle l'était, il pouvait bien lui arriver de confondre quelquefois le double blanc avec le double six.

La nuit... on entendait le spectre du précédent propriétaire réclamer son écusson, à moins pourtant que ce ne fût le vent qui faisait des siennes.

Et au bout de quelques semaines...

Raoul s'aperçut qu'il s'ennuyait... oh! mais horriblement.

Et Perpétue encore davantage.

Condamnés à se regarder éternellement dans le blanc des yeux, les jeunes époux songeaient à se dévorer le nez, afin d'avoir au moins quelque chose à faire, quand la taille de madame s'arrondit visiblement.

Pendant des mois on parla du fils qui allait

naître, on lui confectionna une layette somptueuse, on lui chercha des noms et parmi les dix-sept qui furent proposés on avait choisi Rigobert quand Perpétue accoucha...

... D'une fille.

... D'une fille morte !...

Pas moyen de l'appeler Rigobert.

Il n'y avait qu'à recommencer.

C'est ce que firent Raoul et Perpétue et après une année d'efforts extrêmement dangereux, vu l'envie qui les avait repris de se dévorer quelque chose, madame réaccoucha cette fois...

D'un garçon !

Quel bonheur !

C'était très bien, oui, mais pris de convulsions, le petit Rigobert se livra à un tel débordement de grimaces et de contorsions qu'il en mourut.

Quel désespoir !

Raoul en serait resté là.

Mais l'humeur de Perpétue devenant de plus en plus acariâtre il comprit qu'il risquait non seulement son appendice nasal mais sa tête avec, il rassembla donc ses dernières forces... brûla ses dernières cartouches et...

Madame devint grosse une troisième fois.

— Le conserverons-nous, celui-là?

Pendant des mois encore on n'entendit dans l'hôtel que ces mots prononcés sur tous les tons :

— Le conserverons-nous ?... Le conserverons-nous ?

On put le conserver en effet...

... dans un bocal.

Madame accoucha bien avant terme d'un fœtus hermaphrodite.

Sur le vase qui recélait tant d'espérances déçues on écrivit en lettres d'or :

Ci-gît

Le dernier des d'Avrimont

il aurait été

bon fils, bon époux, bon garde national

ou

bonne fille, bonne épouse, bonne paroissienne

Si

Jaloux de voir un tel trésor sur la terre, le ciel ne l'avait

rappelé

ou rappelée

Trop tôt

Auprès de lui

Attends-nous

PS

Priez pour lui

ou elle

Raoul et Perpétue prirent le deuil.

Lorsqu'ils n'avaient rien de mieux à faire ils venaient pleurer et gémir sur ce bocal, triste consolation !

Cette fois, par exemple, Raoul jeta le manche après la cognée.

Pour échapper un peu à sa femme, à son oncle le Commandeur et à sa tante des Poirieux, Raoul avait fondé, suivant les conseils de son père, « l'OEuvre du Repentir ». Il s'y livra plus que jamais. Les souscriptions n'abondèrent guère, les criminels ne se repentirent en aucune façon, le gouvernement oublia tout à fait de récompenser un si beau zèle, mais Raoul préféra tous ces déboires aux joies intimes de son intérieur.

C'est ainsi qu'on l'a vu se présenter chez Antoinette après la condamnation d'Hippolyte Tampon.

La pauvre Églantine était bien inquiète en frappant à la porte de l'hôtel.

Comment allait-on la recevoir ?

Chez quels gens allait-elle ?

Qu'allaient devenir ceux, tant aimés, qu'elle laissait rue Charlemagne ?

Enfin le portier parut.

16

— Que demandez-vous ? fit-il d'un ton bourru.

— M. Raoul d'Avrimont.

— C'est ici.

— Voici une lettre que je voudrais lui faire remettre.

— Donnez.

— Il y a une réponse, ajouta Églantine.

— Pourquoi ne le dites-vous pas tout de suite ? je ne peux pas le deviner moi, hein... c'est bon... attendez.

— Bien, monsieur.

— Essuyez donc vos pieds !

— Oui, monsieur.

— Encore... plus fort que ça... je sais bien qu'il ne fait pas de boue... mais ça ne fait rien, c'est pour le principe.

— Voilà, monsieur.

— Pas dommage.

Et le portier s'engouffra dans l'escalier passa la lettre à un valet de pied qui après l'avoir placée sur un plateau d'argent la monta au salon, de l'air imposant que comportent ces sortes d'ambassades.

Raoul était alors en grande conférence avec ma-

dame, M. le Commandeur et madame des Poirieux. Debout, le dos appuyé au chambranle de
la cheminée il parlait... parlait... parlait à M. le
Commandeur qui dormait, à madame de Poirieux
qui opinait de la tête sans rien entendre et à madame qui ne lui répondait que pour le contre-
dire.

— Voyons, chère amie, disait Raoul, le docteur
ne vous a-t-il pas ordonné de changer d'air ?

— Sans doute.

— Eh bien il faut aller passer quelques jours à
la campagne.

— La campagne... la campagne... avec cela que
c'est gai la campagne !

— Vous ne pouvez pourtant pas prendre l'air de
la campagne à Paris.

— Avec ça que c'est gai Paris !

— Préférez-vous la mer ?

— La mer !... la mer !... la mer !... On voit bien
que vous n'avez pas de nerfs ! vous !

— Des nerfs !... Elle dit que je n'ai pas de
nerfs !... Tenez, regardez comme mes doigts re-
muent, comme mes lèvres s'agitent et se rappro-
chent convulsivement... Tout tressaute... chez
moi.

— Vous êtes laid !

— Vous voyez, madame des Poirieux ?

— Dieu vous bénisse ! fit celle-ci croyant que Raoul allait éternuer.

— Vous voyez, Commandeur ?

— Ah ! souffla le Commandeur.

— Et elle dit que je n'ai pas de nerfs ! Tenez, vous me faites perdre le fil de mon discours.

— Vous parliez de Chatou.

— Chatou ? ah ! oui, eh bien Chatou... c'est tout... et ce n'est rien.

— Rien surtout.

— Par la Seine qui baigne ses pieds, c'est la mer... et ce n'est pas par la mer ; par le chemin de fer qui le relie à Paris, c'est Paris et ce n'est pas Paris ; par les bois, les champs, les prés qui l'environnent, c'est la campagne ; mais qu'est-ce qui a le don de vous plaire, à vous... madame ?

— Pas vous !... oh ! que cet homme m'agace !

— Que cette femme m'horripile ! mais justement, madame... à Chatou nous nous verrons moins... Retenu à Paris par l'OEuvre du Repentir... je... je...

— C'est là ce que vous voulez... voilà... votre rêve... que ne me chassez vous tout de suite !

— Mais je ne vous chasse pas.

— Je serais trop heureuse !... ne plus vous voir quelle joie !...

— Eh bien alors ?

— Mais vous seriez trop content aussi... non, non...

— Enfin voulez-vous ou ne voulez-vous pas aller à Chatou ?

— Puisque le médecin l'ordonne.

— Vous y allez ?

— Jamais.

— Vous n'y allez pas ?

— Tout de suite.

— Au diable !

— Grossier... mécréant... on voit bien de qui vous êtes fils !

— Oh ! là là là les nerfs !... Et elle dit que je n'ai pas de nerfs !

— Mais puis-je vivre à Chatou... toute seule !...

— Vous avez Thomas le jardinier, une cuisinière, une femme de chambre...

— Oui... mais pas de demoiselle de compagnie.

16.

— En voilà onze que vous remerciez en trois mois !

— Oh ! cet homme ! cet homme ! Quelle injustice.

En ce moment le valet de pied présentait la lettre d'Églantine.

— C'est bien ! dit Raoul... vous n'avez pas renvoyé onze demoiselles de compagnie depuis trois mois ? Et pourquoi... Voyons, Stéphanie ?

— Elle était blonde.

— Mademoiselle Meidin ?

— Elle était brune.

— Lodoïska ?

— Celle-là est partie d'elle-même.

— Je crois bien vous lui renversiez des cuvettes d'eau sur la tête !

— Oh ! dans mes moments d'impatience seulement... s'il faut se gêner avec sa demoiselle de compagnie !...

— Palmyre, madame Barbanchon, Eulalie !

— Des...

Apercevant le domestique droit planté devant lui, Raoul lui cria.

— Que faites-vous là... Baptiste ?

— J'attends la réponse.

— Quelle réponse?

— A la lettre.

— Quelle lettre ?

— A la lettre que monsieur tient dans sa main.

— Ah! c'est donc une lettre... oui... vous permettez, madame?

— Faites donc.

— Voici justement une personne qui se présente.

— Ah!...

— Eh bien... quoi... qu'est-ce que vous dites?

— Est-ce que je peux dire quelque chose... Est-ce que je la connais, cette fille... comment est-elle?

— J'sais pas, répondit Baptiste. Je ne l'ai pas vue.

— Eh bien! allez la voir, exclama Raoul.

Le valet revint quelques minutes après.

— Eh bien? demanda Raoul.

— Heu! heu!... oh! oh!... couci, couci... Pour moi... Puisque monsieur, puisque madame me font l'honneur de me consulter, je préférerais quelque chose de plus... potelé!...

— Vous êtes un imbécile... Allez dire à cette personne de monter.

Un instant après, Églantine entrait.

— De quelle maison sortez-vous ? demanda madame d'un ton sévère.

— De la pension Dusseaux.

— De la pension Dusseaux !... Je connais cela... Deux jeunes filles de mes connaissances y ont été élevées... et très bien... Que faisiez-vous dans cette pension ?

— J'étais sous-maîtresse.

— Vous avez passé vos examens ?

— Oui, madame.

— Que savez-vous faire encore ?

— Un peu de couture... un peu de musique... de dessin.

— Servez-vous à table ?

Églantine rougit.

— Non... vous n'êtes bonne à rien, je vois ça.

— Mais, ma chère, hasarda Raoul.

— Taisez-vous... Allez-vous m'apprendre ce que je dois dire à mes domestiques, répondit Perpétue d'une voix aiguë... Qui vous envoie ici, petite ?

— C'est maman.

— Maman. Est-ce que je connais votre maman?

— Madame Hippolyte Tampon.

— Tampon !... Tampon! Qu'est-ce que c'est que ce Tampon-là?

Raoul qui, depuis un instant, considérait Églantine avec un intérêt dont il ne se rendait guère compte, intervint et dit :

— Mademoiselle est la fille d'un condamné.

— D'un condamné! exclama Perpétue en faisant sur son fauteuil un tel saut que la tante des Poirieux pâlit et que l'oncle le Commandeur se réveilla... d'un condamné... la fille d'un condamné.

— Oui... d'un condamné auquel l'OEuvre a rendu jadis quelques services et qu'il vient même de faire gracier... Votre père, n'est-ce-pas, est Jacques-Hippolyte Tampon... l'assassin d'un sieur Aubry?

— Oui, monsieur, balbutia Églantine.

— Et l'on m'envoie cela !...

— Au secours! gémit le Commandeur.

— A la garde! glapit madame des Poirieux.

— Voulez-vous bien vous sauver, petite mal-

heureuse, continua Perpétue, petite coquine,
petite misérable !

— C'est bien, madame, je m'en vais, répondit
Églantine et elle sortit en sanglotant.

Cette scène fut suivie d'un instant de silence.
Perpétue suffoquait.

Le Commandeur et madame des Poirieux s'é-
taient réfugiés à l'autre bout de la chambre.

— Vous avez peut-être eu tort de la renvoyer,
dit enfin Raoul...

— La fille d'un condamné !

— Qu'importe !... Justement... N'ai-je pas l'honneur d'être le président de l'Œuvre du Repentir...
Ne dois-je pas ?... Certainement que... Mais d'autre
part, cette jeune fille paraît fort douce et vu la
difficulté qu'elle doit éprouver à se placer.

— Nous l'aurions eue à bon compte !

— Sans doute...

— Eh !...

— Et vous pourriez tout à votre aise, non seulement lui verser, mais lui casser vos cuvettes
sur la tête.

— Vous avec raison. — Baptiste !

— Madame, répondit le laquais, en reparais-
sant.

— Courez après cette jeune fille... dites-lui de revenir.

Églantine reparut tout en larmes.

— Écoutez, reprit madame, nous avons réfléchi... nous avons pitié de votre jeunesse, de votre pauvreté... et peut-être... Enfin... avec un passé comme le vôtre... vous ne devez pas être bien exigeante?...

— Exigeante!... Oh! madame.

— Bien.

— Vous ne me donnerez rien si vous voulez... Maman ne réclame pour moi qu'un asile.

— C'est bien... C'est très bien... nous pouvons nous arranger.

— Ah! madame! que de reconnaissance!...

— N'approchez pas... n'approchez pas... Oh! Dieu! quand serez-vous disponible?...

— Tout de suite.

— Ah! Et vos affaires?

— Elles sont à la pension... je n'ai qu'à les envoyer chercher.

— Vous avez un certificat?

— Oui, madame... tenez en voici un de mademoiselle Dusseaux.

— C'est bien... C'est bien... n'approchez pas!

Baptiste... Donnez-moi le papier de mademoiselle... que de louanges, ajouta madame en lisant
le certificat de mademoiselle Dusseaux... C'est
toujours comme ça... Et puis ensuite... Enfin,
nous verrons... Baptiste... Conduisez mademoiselle à la chambre qu'occupait madame Barbanchon... Ah !... petite... Comment vous appelez-
vous ?

— Églantine.

— Églantine ! fit tout à coup Raoul... Églantine...

Madame des Poirieux s'était replacée digne et
grave dans son fauteuil.

M. le Commandeur demanda :

— Alors, vous la prenez ?

— Il le faut bien, répondit Perpétue... Faute
de mieux.

— Par le sang-Dieu, vous faites bien... cette
petite... Eh bien ! elle me revient tout à fait...

— Églantine !... murmurait encore Raoul.

Le jour même, Églantine écrivit à sa mère un
petit mot bien triste, bien tendre, pour lui annoncer l'heureux résultat de sa démarche auprès
des d'Avrimont.

XIX

UN ÉCLAIR DANS LA NUIT

Quel changement pour la pauvre Églantine !

En quelques jours sa vie avait été bouleversée !...

Au lieu de ces sourires qui l'accueillaient, de ces douces paroles qui caressaient son oreille, de cet ardent amour dont l'enveloppaient, chez elle, sa mère, et Marcel de ses beaux rêves d'amour... plus rien.

Rien que des ordres donnés de la manière la plus blessante.

Rien que des regards soupçonneux.

Et l'ennui !

L'ennui morbide, glacial, éternel qu'on respirait dans l'hôtel d'Avrimont, ainsi que dans une tombe.

Pourtant si madame se montrait envers Églantine, dédaigneuse et grincheuse, il n'en était pas de même du Commandeur ni de Raoul. Le bonhomme avait pour la fillette presque des égards, des sourires malheureusement un peu édentés. Raoul en la considérant se prenait à songer.

Ce nom : Églantine, avait tout à coup réveillé en lui le souvenir du passé.

Il se disait que l'enfant d'Antoinette, si elle n'était pas morte de misère et de faim, devait avoir cet âge... cette grâce, cette douceur.

La fille de l'assassin ne pouvait être en même temps la sienne, pourtant il retrouvait en elle les traits, la voix d'Antoinette.

— Étrange ressemblance ! murmurait-il...

Et il sentait son cœur battre douloureusement.

Dix fois, l'envie lui vint d'interroger Églantine sur sa naissance, son pays, le nom de sa mère ; dix fois il s'arrêta, honteux, craignant d'en apprendre plus qu'il ne voulait savoir et d'être obligé de s'avouer à lui-même la lâcheté de son égoïsme.

Tremblant comme un coupable, sa voix, alors, prenait des accents de tendresse infinie, et par tous les soins possibles il essayait d'adoucir la triste situation de la pauvre Églantine.

Quant à elle?...

Tant que durait le jour, elle sentait une à une tomber des larmes dans son cœur, larmes de regrets pour sa mère, pour Marcel, pour la vieille Tampon, pour toutes ses petites élèves bien dissipées, mais qu'elle aimait et qu'elle ne voyait plus... pour le soleil qui la réchauffait si bien jadis sans que jamais elle lui eût dit merci! Pour le grand air, l'air pur, l'air vivifiant, l'air de la liberté !

Et rentrée dans sa chambre, la tête dans ses mains, les genoux sur le sol, elle versait toutes ces larmes...

Et puis ses yeux essuyés, elle disait :

— Encore un jour de passé !... à demain ! Quand donc ce supplice finira-t-il ?

Un jour, plus triste que de coutume, elle avait écarté les rideaux d'une fenêtre et regardait dans la rue... quoi ?... Rien. Elle aperçut tout droit devant elle, et un doigt sur ses lèvres :

— Marcel !

Le pauvre garçon était tellement préoccupé, qu'il ne vit pas une voiture arrivant au galop sur lui.

— Marcel !... Marcel !... cria la jeune fille.

— Imbécile ! hurla le cocher en détournant les chevaux.

Marcel n'entendit rien, ne vit rien... qu'Églantine, et longtemps encore il resta là... alors qu'elle avait disparu.

Églantine emporta, ce jour-là, dans sa chambrette autre chose que des larmes, elle offrit à Dieu autre chose que les prières du désespoir...

Le regard de Marcel avait été un éclair dans sa nuit.

XX

CE QU'IL RÉSULTA D'UN PETIT PAPIER TOMBÉ DE LA POCHE DE TOINON

Quelque temps après, Marcel, soucieux et triste, travaillait à son étau, quand on vint lui dire que quelqu'un le demandait.

Il sortit.

— Madame Hippolyte ! s'écria-t-il, apercevant Antoinette.

— Excuse-moi, mon bon Marcel, si je te dérange, dit celle-ci, mais ce dont j'ai à t'entretenir ne souffrait pas de retard.

— Parlez, madame Hippolyte, parlez.

— C'est grave.

— Églantine ?

— Il s'agit, en effet, d'Églantine. Tu sais qu'elle

m'écrit, ne fût-ce qu'un mot, à peu près tous les
jours, eh bien, j'ai perdu une de ses lettres, qui
sera tombée, je ne sais comment, de ma poche.

— Alors ?

— Alors, l'autre... mon mari, a trouvé cette
lettre.

— Il sait où est Églantine ?

— Oui.

— Grand Dieu !

— Il est même allé à l'Hôtel ; mais chez le président de l'OEuvre du Repentir on ne reçoit pas
comme cela les anciens condamnés, il a été écon-
duit, il est furieux et ne parle que de se venger...
c'est lui-même qui m'a raconté tout cela.

— Se venger... de qui... de vous ?

— S'il ne s'agissait que de moi !... crois-tu que
je tienne beaucoup à la vie, ne devines-tu pas
quel supplice j'endure, rivée à cette bête féroce
qui, le jour et la nuit, rugit et menace ; qu'il
m'extermine donc d'un seul coup et que ce soit
fini, mais Églantine !...

— Une séparation...

— Il faut pouvoir l'obtenir !

— Mariez-nous !

— Hippolyte refusera son consentement... et

puis, une séparation... un mariage, cela lui
arrachera-t-il le poignard des mains?

— Alors dites-moi de tuer cet homme ! ce sera
bientôt fait, allez.

— Ce serait te perdre, Marcel... et nous n'aurions plus qu'à mourir en te pleurant, Églantine
et moi, non, Marcel, non... j'ai trouvé mieux que
cela à faire.

— Dites.

— Polyte a renoué avec son ancien chef de
bande, il se remet à voler, il le faut bien d'ailleurs, puisqu'il ne veut pas travailler et qu'il a
déjà mangé tout ce qu'il y avait chez nous, eh
bien, je veux l'épier, le dénoncer, l'envoyer s'il le
faut... à l'échafaud... mais me débarrasser de lui
à tout prix... ah! ne me dis pas, Marcel, que je fais
une mauvaise action... qu'une femme ne dénonce
pas son mari...

— Le père de votre enfant !...

— Lui, son père !... ah ! Comment peux-tu
croire qu'Églantine doive le jour à un tel
monstre !...

— Que me dites-vous là...

— Églantine est la fille de M. Raoul d'Avrimont !...

— Elle le sait ?

Toinette blêmit. Son exaltation tomba tout d'un coup ; c'est le regard suppliant, les mains jointes, qu'elle continua :

— Marcel... sois bon jusqu'au bout... non... et ne le lui dis pas. Je n'ai que l'amour, que le respect de ma fille, ne détruis point ces sentiments qui font tout mon bonheur ici-bas... ou attends que je sois morte... que je ne puisse plus rougir devant elle... non... plutôt jamais... mais enfin je ne pouvais pas laisser peser sur elle l'opprobre d'une pareille origine... Est-ce sa faute à elle?... L'en aimeras-tu moins?... non, n'est-ce pas... Marcel, aime-la, comme elle le mérite... et quant à moi, va, je suis moins coupable que tu le penses !...

— Vous, coupable!...

— J'ai voulu mourir, avec Églantine... je n'ai pas pu. Hippolyte nous a tirées de l'eau... alors... si tu me méprises...

— Vous mépriser !... vous... ma seconde mère... allons donc...

— Tu ne diras rien à Églantine du secret qui vient de m'échapper?

— Non.

— Tu le jure?

— Je le jure.

— Je n'ai si bien élevé Églantine que pour la rendre digne de son vrai père et la lui donner belle, bonne, instruite... tout enfin... et puis je n'ai pas pu... non la force m'a manqué pour dire à Églantine... pour lui avouer... pour... je sens que je ne le pourrai pas.

— Et M. d'Avrimont... lui... sait-il que...

— Non !

— Qu'il ne le sache jamais alors !...

— Marcel... il est riche...

— Qu'importe !... je le serai un jour... plus que lui ! Et maintenant ne pensons qu'à défendre Églantine. Ah ! je m'en voulais , moi, d'avoir un peu tarabusté votre homme, l'autre jour, je me disais... qu'est-ce que j'ai fait là, j'ai battu le père de ma fiancée... et... il n'est pas... il n'est pas... ah ! cela me met à l'aise, mais... assez de paroles... qu'attendez-vous de moi ?

— J'ai épié Hippolyte, j'ai appris bien des choses déjà, mais une femme n'a guère de force.

— Dites !...

— Hippolyte fait partie d'une nouvelle bande... je te l'ai dit.

17.

— Après.

— La bande se réunit le soir, à la nuit noire, dans une maison en construction boulevard Monceau, en face le parc; tu reconnaîtras facilement cette maison, il n'y a que les murs et les planchers, pas de toit, pas d'escalier, pas de fenêtres, mais une barrière en planches par devant. Je ne sais par où les vauriens entrent, si c'est par les terrains qui sont derrière, ou en franchissant la palissade, mais ils entrent et tiennent leur conciliabule dans une cave.

— Bien.

— Il faut que tu arrives avant eux, que tu entendes ce qu'ils disent et que tu me le rapportes.

— Pourquoi n'irais-je pas trouver immédiatement le commissaire ?

— Toi !... non... c'est méprisable, dit-on de dénoncer quelqu'un.

— Allons donc !... quand il s'agit de gredins !... et puis ! comme dit le proverbe : La fin excuse les moyens.

— Non... prends les dangers, laisse-moi le reste... tu risques ta vie, sais-tu, si ces gens-là te surprenaient...

— Me croyez-vous incapable de me défendre ?

— Ah ! Marcel... je frémis !... arme-toi au moins.

— Pas besoin, allez... les coquins sont lâches !

— Pas toujours, Marcel... pas toujours... quand ils sont dix contre un !...

— Ne vous inquiétez pas de cela... où vous reverrai-je ?

— Chez toi...

— Bien.

— Adieu, Marcel.

— Adieu, madame Hippolyte. A ce soir !

Marcel rentra à l'atelier, finit sa journée et, à l'heure de la sortie, se rendit dans une crémerie où il soupa de peu de chose.

La pensée des dangers qu'Églantine pouvait courir lui barrait la rue au pain.

Puis il se rendit au boulevard Monceau.

Il trouva facilement l'endroit que Toinon lui avait indiqué.

C'était une de ces constructions commencées, puis laissées en train, comme il s'en trouve quelquefois, déjà noircie par la pluie, verdie de mousse, encombrée de matériaux, pierres et bois, de toute sorte.

D'épaisses planches placées debout et réunies

par des traverses en défendaient l'entrée, comme Toinon l'avait dit ; on voyait au fond une petite cour.

Marcel sauta facilement par-dessus ces planches.

Une fois dans l'intérieur de la masure, il chercha partout et reconnut que les coquins pouvaient en effet entrer par une brèche pratiquée dans le mur du fond.

Pas d'échelle pour monter au premier.

Un escalier en pierre, encombré de poussière et de gravois, permettait de descendre aux caves.

Ces caves étaient humides, infectes.

Pourtant, tout au fond, Marcel en trouva une plus propre que les autres, des pierres disposées au milieu formaient comme autant de sièges, un soupirail y laissait pénétrer un peu d'air et quelques rayons de jour. Dans un coin des débris de bois se trouvaient amassés.

Marcel pensa que là devait se tenir la réunion.

Il remonta au rez-de-chaussée, gagna le premier étage en grimpant le long d'une colonne, chercha un endroit d'où il pût voir sans être vu et attendit.

La soirée était fort avancée lorsque sur la

brèche une ombre parut, regarda de tous côtés, siffla et descendit l'escalier de la cave.

Deux ombres suivirent la première.

Puis quatre.

Les derniers ayant eu la précaution de placer une planche en travers de la brèche, Marcel pensa qu'il ne viendrait plus personne; il quitta sa cachette et, rampant comme une couleuvre, il vint se blottir près du soupirail, la tête dans le trou.

Il vit alors autour d'un petit feu dont la flamme éclairait la cave d'une lueur sinistre, assis sur les pierres et fumant, d'abord Hippolyte, puis un homme si cassé, si cacochyme qu'on l'aurait pris pour un vieillard, deux autres hommes en guenilles et enfin trois gamins, dont l'un n'avait pas quinze ans.

Tout à coup le vieux fut pris d'un accès de toux horrible.

— Fume donc pas comme ça, toi, dit Polyte, s'adressant à un gamin qui justement venait de jeter sa cigarette, mais en lâchant lui-même un vrai nuage. Tu fais tousser le Chef.

Chacun éclata de rire.

— Fais pas le malin, répondit le Chef dès qu'il

eut rattrapé un filet de voix, tu te dégommeras
comme les autres... La noce, ça use.

— Ah ! pauvre Chef! Si j'aurais jamais cru te
retrouver poussif !... Voyons, qui qu'a à lui donner quelque chose, à c'te pauv' vieille branche?
De la guimauve, des pastilles de menthe, une
chique... Oh ! là là !

— Quelque chose à boulotter, ça me ferait du
bien tout de même... Qu'est-ce que vous avez
apporté, les gosses?

— Moi, un jambonneau, fit un gamin.

— Moi, deux bouteilles de fine, dit un autre.

— Que tu as pigées?...

— Chez un épicemince.

— Et toi?

— Moi, fit le troisième, voilà quarante francs.

— Bravo!

— Où que tu as eu ça, mon petit trésor?... où
que tu as eu ça?

— Chez papa, donc !...

— Viens que je t'embrasse, t'es un zig... et
quand j'aurai une fille, je t'en offrirai une tran-
che... amène la monnaie.

— Partageons!

— Un instant... ne vous cassez pas les abatis dessus... voilà... la part de chacun... ça ne fait pas beaucoup.

— Non.

— Les affaires chôment !

— Dame ! exclama le Chef, sauf les petits, vous êtes tous des feignants, des rossards ; pas un de vous qui ait allumé quelque chose depuis huit jours.

— D'mande pardon, répondit Polyte en retirant la pipe de sa bouche.

— De quoi ?...

— Il y a l'affaire que je vous ai proposée.

— Laquelle ?

— L'affaire Raoul d'Avrimont.

— Pas fameuse.

— Comment, pas fameuse !... d'abord, oui, mais maintenant...

— Oh !

Polyte baissa la voix et le Chef, tout en écoutant, se mit si fort à tousser, que Marcel n'entendit plus rien.

Tous les vauriens s'étaient rapprochés les uns des autres.

On semblait discuter avec animation.

Enfin, la voix de Polyte finit par dominer le bruit.

— Simple comme bonjour, au contraire... Un chalet tout en planches, qui vient d'être repeint à neuf. Il y a encore dans une cave des touries d'essence et dans l'autre une provision de bois sec...

— Un chalet... pensa Marcel. Ce n'est pas l'hôtel d'Avrimont.

— Alors ? fit une voix.

— Alors tu mets le feu.

— Bon.

— Les gens ouvrent les portes en criant.

— Bien.

— Nous accourons et, en faisant mine de porter secours, nous barbotons l'argenterie, les bijoux, les espèces monnayées... et tout... Ça y est...

— Ça y est.

— Mais, hasarda une voix, c'est donc pas ce d'Avrimont-là qui t'a fait revenir de là-bas ?

— Oui, répondit Polyte.

— Mince, alors !

— Mais depuis il m'a manqué de respect... Faut pas qu'on me manque de respect, à moi. Et puis, en affaires, c'est comme en politique, faut pas de

sensiblerie, au feu, la bicoque à d'Avrimont, au
feu, tout ce qu'il y a dedans... sauf ce que chacun
de nous retirera, bien entendu.

— C'est bien à M. d'Avrimont qu'ils en ont,
pensa Marcel, mais que parlent-ils donc d'un
chalet tout en planches, l'hôtel est en pierres...
Qu'est-ce que cela veut dire ?

— Eh ben quand ?... demanda le Chef.

— Tout de suite... nous n'avons que le temps.

— Chacun a-t-il son surin ? On ne sait ce qu'il
peut arriver.

Pour toute réponse, chaque bandit montra un
long couteau à virole.

— Comme tu tiens cela, dit le Chef en s'adressant à Polyte ; un couteau, c'est pas un cierge.

— Je tiens ça comme il faut.

— Je te dis que non.

— Je te dis que si.

— Voilà la bonne manière.

— C'est celle-là.

— Ah ! malheur !

— Si je te fourrais ça dans le ventre, tu verrais
si c'est un cierge, ah ! mais !

— Parions.

— Une gomme ! que j'abats d'un coup le premier pante que je rencontre...

— Ça y est.

— Ça y est, répondit le chœur.

— En route !

— En route ! en route !

La première pensée de Marcel avait été de s'ar-
mer d'un moellon et d'assommer les bandits au
fur et à mesure qu'ils sortiraient de l'escalier,
mais pendant qu'il attendait là, haletant, prêt à
frapper le premier coup, il les vit tous les sept
sortir par un autre escalier qu'il n'avait pas
aperçu d'abord et gagner la brèche.

La lutte ainsi devenait trop inégale.

Retenant son souffle, l'œil ardent... il laissa
donc passer les bandits, mais le dernier avait à
peine franchi la brèche qu'il était sur ses talons.
Marcel se trouva dans un terrain vide, formant
l'angle de deux rues désertes, et aussi clôturé
par des planches.

Quatre des bandits s'éloignaient d'un autre
côté tandis que Polyte, le Chef et un gamin res-
taient à causer au pied d'un candélabre.

Marcel vit encore deux hommes, bien vêtus

qui arrivaient bras dessus bras dessous en fumant leurs cigares.

— Que de succès, cher Maître, disait l'un.

— Mais oui, mais oui...

— Pourriez-vous seulement les compter ?

— Oh!... oh!... pourtant je distingue dans la masse des causes où j'ai plaidé avec avantage... Vingt-sept voleurs.

— Superbe !

— Onze faussaires.

— Magnifique !

— Treize assassins.

— Splendide !

— Cinq gredins accusés de viols.

— Admirable !

— Quatre parricides.

— Merveilleux !

— Sept infanticides...

— En tout...

— Eh bien comptez... soixante à soixante-dix scélérats, que j'ai rendus à l'humanité, à la société, dont ils font, certes, le plus bel ornement.

— Et tous ces gens-là étaient-ils réellement coupables ?

— Parbleu... où serait, sans cela, le mérite de les avoir fait acquitter ?

— Ah ! ah ! ah ! que sont-ils devenus ces abominables gredins, ces monstres ?

— Eh bien... ils ont recommencé.

— Combien de fois en moyenne ?

— Cinq fois... J'en ai fait le calcul.

— En sorte que, grâce à l'acquittement de ces soixante à soixante-dix gredins... quelque chose comme trois cents honnêtes gens ont été volés, maltraités, assassinés ?

— Eh ! mon Dieu oui...

— Et ça vous a rapporté ?

— Pas grand'chose, ces gueux-là me font pitié et je leur donne plus que je ne reçois. Je plaide, moi, pour la gloire.

— Ah !... Cher Maître, vous êtes un grand homme et la nation vous doit bien une statue.

— Adieu ! cher.

— Vous me quittez...

— Oui, voici mon chemin.

— Adieu donc !

— A bientôt !

Après un dernier salut ces deux hommes se séparèrent.

— Quand l'avocat fut arrivé près du candélabre :

— Regarde bien, petit, dit Polyte au gamin et
profite.

D'un coup franchement porté au cœur il renversa l'avocat, sur le trottoir.

— Eh bien ?

— Il ne fumera pas son cigare jusqu'au bout,
répondit le Chef, en se penchant sur le cadavre...
Tiens, c'est Me Flatulent. Ne lui devais-tu pas
quelques honoraires ?

— Oui ... le voilà soldé !

XXI

SIMPLE RÉFLEXION DE L'AUTEUR

C'est bien fait !

XXII

SUITE DU CHAPITRE XX

Le coup fait, les trois bandits s'enfuirent...

Marcel était resté d'abord comme cloué au sol. Sa première pensée fut d'aller relever le malheureux avocat; mais voyant quelques personnes arriver et pensant qu'il n'y avait pas un instant à perdre pour prévenir M. d'Avrimont du complot, tramé contre lui, il sortit par le boulevard.

Rue de Rome seulement, il rencontra une voiture.

— Cent sous! dit-il au cocher, si dans un quart d'heure, je suis arrivé rue de Bellechasse.

— Quel numéro?

— Je ne sais, au milieu de la rue, à peu près.

La voiture partit comme un trait.

Arrivé à destination Marcel descendit.

La rue de Bellechasse était silencieuse et sombre.

Dans l'hôtel d'Avrimont tout semblait dormir.

Marcel frappa un coup — deux coups sans que d'abord personne répondît; il redoubla, il allait crier, essayer d'enfoncer la porte, et il se demandait si à l'intérieur, les coquins n'étaient pas déjà occupés à leur sinistre besogne, lorsqu'une tête apparut à l'une des fenêtres du rez-de-chaussée.

— Que demandez-vous ? grommela la tête.

— M. Raoul d'Avrimont.

— Il n'y est pas.

— Comment, il n'y est pas ?... Madame, alors... Mademoiselle Églantine ?

— Parties... toutes parties... à la campagne.

— Quelle campagne ?

— A Chatou.

Et la fenêtre se referma.

Marcel demeura un instant interdit, puis il se remit à frapper à la fenêtre, si fort d'ailleurs qu'une vitre vola en éclats.

Le concierge reparut furieux.

— Aurez-vous bientôt fini votre vacarme, vous?
cria-t-il... Est-il une heure convenable pour se
présenter chez les gens ?

— Il s'agit bien de l'heure qu'il est, il s'agit
d'arracher vos maîtres à un danger terrible.

— Ah !

— Comment mademoiselle Églantine est-elle
partie sans prévenir sa mère?

— Madame Hippolyte ?

— Oui.

— Elle est prévenue, madame Hippolyte, j'ai
moi-même mis la lettre à la poste ce soir !

— N'avez-vous rien remarqué ici d'extraordinaire ?   .

— Puisque je vous dis que tout le monde est à
Chatou... excepté M. le Commandeur et madame
des Poirieux.

— A quel endroit de Chatou?

— Rue... rue... avenue... je ne sais plus. Enfin
c'est sur un boulevard planté de vieux arbres qui
se trouve le long de la Seine... Vous verrez bien.
Un chalet repeint à neuf au milieu d'un jardin.

Marcel comprit alors comment Toinette ne savait rien de ce départ au moment où elle lui avait
parlé et pourquoi lui-même n'avait rien compris

à la description que Polyte faisait de la demeure occupée par M. d'Avrimont.

— C'est à Chatou, pensa-t-il, que j'aurais dû aller.

Mais deux sergents de ville, attirés par le bruit, arrivaient alors de ce pas lent et mesuré qu'ont de commun ces dignes fonctionnaires avec les carabiniers d'Offenbach.

Il fallut que Marcel leur expliquât pourquoi il avait cassé un carreau à la fenêtre du portier, le projet des bandits, comment ce projet avait été éventé; il dut aussi donner son nom et son adresse, l'adresse d'Antoinette. — Ces détails n'en finissaient pas.

Marcel se mangeait le sang d'impatience, pensant que peut-être en ce moment Hippolyte, profitant de l'incendie qu'il avait allumé, enlevait Églantine.

Enfin, il put s'éloigner, tandis que les agents se consultaient sur ce qu'ils avaient à faire en cette occurrence et que le portier, toujours la tête à la fenêtre, criait :

— Mon carreau !... mon carreau !... Qu'est-ce qui payera mon carreau cassé ?

Quelques instants après, Marcel arrivait à la

gare Saint-Lazare, épuisé par la course qu'il venait
de faire, hors d'haleine.

Le dernier train pour Chatou venait de partir.

Courant, bousculant les gens, se heurtant aux
portes, Marcel partit à la recherche d'une voiture ;
mais aucun des cochers qu'il appela ne voulut le
conduire.

— A Chatou, disait l'un, plus souvent !

— Mon cheval est fatigué !

— Ma roue cloche... A Chatou... ah ! bien
ouiche !

Alors Marcel se dit qu'il irait à pied et partit en
courant comme un fou.

Malgré toute son ardeur, il lui fallut bientôt
s'arrêter, il râlait, ses jambes flageollaient sous
lui.

Dès qu'il eut repris quelques forces, il repartit
d'un pas moins rapide, mais plus sûr.

Longue est la route de Paris à Chatou.

Terribles étaient les réflexions que faisait le
pauvre Marcel. A chaque maison qu'il dépassait,
à chaque arbre qui dans l'ombre grandissait
devant lui.

— Pourvu que je n'arrive pas trop tard !...

— Pourvu que je trouve Églantine encore vivante !

— Malheur à moi, si je ne l'ai plus... il ne me restera qu'à mourir.

Et les maisons, les arbres, les champs se succédaient toujours, noirs, devant lui.

Les étoiles brillaient au ciel, sereines comme pour une fête, un passant s'en allait en chantant.

Enfin Marcel atteignit le pont de Chatou.

Il tourna de suite à gauche, longeant la Seine, traversa le chemin de fer et gagna une allée sombre.

Un panache de fumée noire qui, au dessus des arbres, s'élevait vers le ciel lui indiqua le but qu'il cherchait.

Marcel se remit à courir.

Il arriva devant une grille fermée.

Une sonnette se trouva sous sa main, il l'agita à tout briser.

Personne ne répondit.

Le chalet était là, devant ses yeux, flambant, dégageant une épaisse fumée, sans qu'aucun cri s'en échappât, silencieux dans l'horreur.

Alors, en proie à un désespoir qui décuplait ses

forces, Marcel grimpa le long de la grille, la franchit, et de l'autre côté reprit sa course.

D'abord il trouva un cadavre en travers du chemin. C'était celui de Thomas le jardinier.

Tout vieux qu'il était, Thomas avait voulu défendre la maison dont il avait la garde, et les bandits n'avaient pu, qu'en le tuant, mettre le feu dans les caves.

Ce meurtre avait donné l'éveil.

Un combat... un massacre plutôt s'en était suivi. Au seuil de la porte gisait un deuxième cadavre, celui de la femme de chambre, puis dans l'escalier que Marcel franchit quatre à quatre, un troisième, celui de madame d'Avrimont.

Marcel ne respirait plus !

Tout à coup, des cris frappèrent son oreille.

— Maman !... maman !... Marcel !...

Marcel entra comme l'ouragan dans la pièce d'où partaient ces cris...

Il vit...

Horreur !...

Églantine, pâle, échevelée, défendant encore Raoul blessé, contre Hippolyte qui, le couteau à la main, couvert de sang, frappait... frappait toujours.

18.

Le Chef et un autre homme arrivaient du dehors par les balcons.

— Marcel ! s'écria Églantine...

A ces mots, Hippolyte se retourna.

Mais avant qu'il eût fait un mouvement de plus, avant qu'il n'eût abaissé son couteau, Marcel, lui sautant sur les épaules, des mains lui serrant le cou, des jambes lui étreignant les flancs, le renversa à terre, étranglé, les reins brisés... mort.

Puis, saisissant le couteau qu'Hippolyte avait laissé échapper de ses doigts distendus par l'agonie, il se releva en criant :

— A qui le tour ?...

Le Chef et son acolyte disparurent aussitôt.

Mais les secours commençaient à arriver.

Les voisins, sautant par-dessus les murs, enfonçant les grilles, se montraient de toutes parts.

Guidé par eux, Marcel emporta son Églantine dans une maison voisine. On devine avec quelle joie il pressait ce fardeau sur son cœur, et si cette joie était partagée.

On apporta, dans la même maison, Raoul à demi mort et le cadavre de Perpétue.

Un homme et deux gamins furent arrêtés.

Le Chef qui, en sautant du balcon, était resté accroché par un pied, fut trouvé suspendu la tête en bas, à moitié grillé et les chairs pendantes, au-dessus d'un brasier.

Au matin, arrivèrent les gens de justice.

Puis Toinette, tout éplorée.

Sa joie, en retrouvant Églantine et Marcel sains et saufs, ne saurait se décrire.

Quelques jours après, on ramenait Raoul d'Avrimont à son hôtel.

Il fut longtemps à se rétablir de ses blessures, mais enfin, peu à peu, les forces lui revinrent.

Chaque fois qu'il ouvrait les yeux, il trouvait Églantine à son chevet, toujours attentive, toujours dévouée...

— Que vous êtes bonne ! lui dit-il un jour.

Puis, une autre fois :

— Je vous aime... Je vous aime, non seulement parce que vos soins m'ont rappelé à la vie, mais encore parce que vous ressemblez à quelqu'un... que j'aurais dû aimer davantage... Envers qui j'ai eu de grands torts... Parce qu'en vous voyant me sourire, il me semble que cette personne me

pardonne... Ma vie a été un enfer... avec elle...
avec vous, c'eût été le paradis...

Puis, il laissa retomber sa tête sur l'oreiller et
pleura.

Enfin, Raoul hors de danger, à peu près remis,
put se lever, faire quelques promenades dans sa
chambre.

Antoinette, venait quelquefois à l'hôtel.

Souvent aussi, Marcel l'accompagnait.

Un jour, Raoul dormait dans son fauteuil. Antoinette et Marcel s'avancèrent sur la pointe du
pied pour le voir, Églantine, un doigt sur ses
lèvres, disait :

— Chut !... ne l'éveillons pas !

Raoul, pourtant, ouvrit les yeux.

Il considéra longtemps, bien longtemps Antoinette, puis il dit simplement :

— Te voilà, Antoinette !

Antoinette suffoquait.

— Pardonne-moi, continua Raoul, j'ai eu des
torts, mais je veux les réparer... au moins envers
Églantine.

Celle-ci ouvrit de grands yeux.

— Je suis seul, maintenant, dit encore Raoul...
libre de mes actions... Laisse-moi Églantine... je

lui ferai un sort... je la doterai... je lui donnerai un mari digne d'elle. Elle sera riche, heureuse, je te le promets.

Marcel pâlit.

— Vous quitter ? répondit Églantine en regardant sa mère et Marcel...

— S'il le faut pour ton bonheur, répliqua Toinon.

— Jamais !

— Églantine !

— Jamais ! te dis-je.

— Ça été le rêve de toute ma vie.

— Et que deviendrais-tu ? Et Marcel ?

— Moi, j'irai mourir dans quelque coin, ignorée de tous. La femme d'un assassin ne peut être ta mère et quant à Marcel, je suis sûre que son dévouement ne te fera pas défaut, et qu'il oubliera ses rêves d'enfant pour ne penser comme moi qu'à ton bonheur.

— Tais-toi ! exclama Églantine.

— M. d'Avrimont a le droit de parler comme il vient de le faire... Écoute !...

— Tais-toi !... Je ne veux rien savoir de plus, continua Églantine avec une émotion extraordinaire... Et s'adressant à M. d'Avrimont, elle

ajouta : Tant que vous avez été en danger, je vous
ai servi, soigné comme votre fidèle domestique
que j'étais... A présent, vous n'avez plus besoin
de moi... adieu !... Oh ! mon Dieu !... quitter ma
mère et Marcel... Jamais !... Je ne reconnais pour
les miens, entendez-vous, que ceux qui m'ont
toujours aimée... Adieu !... adieu !...

Et avant que les témoins de cette scène fussent
remis de leur stupéfaction, Églantine avait
quitté la chambre et l'hôtel.

XXIII

DIX ANS APRÈS

Dix ans après, un homme cassé, voûté, les vêtements usés et crasseux, descendait de la station du chemin de fer à Saint-Denis et se dirigeait vers l'une des usines qui bordent la Seine.

Il paraissait fort mélancolique, le pauvre vieux.

Arrivé à l'usine il demanda :

— M. Marcel Roche, s'il vous plaît?

— Il y est, répondit-on; qui faut-il annoncer?

L'homme donna sa carte.

Et en attendant, il se mit à examiner l'endroit où il se trouvait.

C'était la cour de l'usine.

D'un côté se trouvaient des bâtiments occupés par les bureaux.

De l'autre, l'immense atelier d'où sortaient, comme d'une fournaise, de chauds effluves, un bruit incessant de marteaux frappant, de limes rongeant le fer.

Des gens allaient, venaient, transportant des fardeaux, échangeant des ordres.

Enfin, au fond, on voyait un élégant pavillon, dont le jardin, garni d'arbres ombreux, de gazon et de fleurs, s'étendait jusqu'au fleuve.

— M. Roche vous attend, dit l'envoyé, venez !

Le vieil homme pénétra bientôt dans un bureau confortablement meublé et où le maître attendait debout.

Ce dernier s'écria :

— Monsieur Raoul d'Avrimont !

— Marcel Roche !

— Oui, Marcel... ou M. Roche, comme on m'appelle depuis que je suis devenu patron.

— Je sais que vous avez réussi.

— J'ai fait... ce que chacun peut faire... comme votre père, comme bien d'autres... en se donnant quelque peine pourtant. D'ouvrier je me suis fait tâcheron, de tâcheron je suis devenu maître. J'ai eu la chance de m'occuper de quelques inventions utiles, et mes petits bénéfices ont fait...

— Une grande fortune.

— Je ne me plains pas.

— Moi, j'ai perdu à la Bourse tout ce que je possédais... Tout... tout...

— Bah !... Mais les héritages ?

— Celui de mon père... mangé. Celui du Commandeur... il n'a laissé que des dettes, et quant à madame des Poirieux, elle avait, sans en rien dire, placé tout son bien en viager.

— Diable !... de sorte que ?...

— Je suis sans pain.

— Diable !... diable !...

— Marcel !

— Monsieur d'Avrimont ?

— Je suis le père de votre femme...

— Je ne l'ai pas oublié.

— Vous organisez en ce moment, je l'ai appris par hasard, d'importantes sucreries aux Colonies.

— En effet.

— Ne pourriez-vous me donner là... quelque petit emploi?... Oh ! je ne suis pas ambitieux... la moindre des choses, de quoi ne pas mourir de faim !

— Je ferai mieux même, croyez-le.

— Merci !... et ma reconnaissance...

19

— Ne parlons pas de cela. Quand voulez-vous partir ?

— Le plus tôt possible... Vous avez mon adresse ?

— J'ai votre carte.

— Bien... et Antoinette, et Églantine, ma belle, ma bonne Églantine ?...

— Les voici !

Marcel montra à Raoul, assises dans le jardin, Antoinette et sa fille Églantine, autour desquelles jouaient cinq enfants, deux garçons et trois fillettes, tous gais, superbes, brillants de force et de santé.

— Ces enfants?...

— Sont les miens, parbleu !

— Qu'ils sont beaux !

— Mais oui, et il ne manque à la famille que la pauvre vieille Tampon ; Dieu l'a rappelée à lui, mais elle est morte entourée de tous les soins possibles.

— Vous êtes heureux... tant mieux.

— Voulez-vous que je vous présente ?... Vous dînez avec nous, n'est-ce pas? A la fortune du pot !

— Non, non, merci !... Misérable comme me voilà, je n'ose; j'aurais trop à souffrir.

— Comme vous voudrez.

— Je compte sur vous, monsieur Roche.

— Demain vous aurez de mes nouvelles.

— Votre très humble serviteur, monsieur Roche.

— Adieu! monsieur d'Avrimont.

En ce moment, Marcel aperçut, par la croisée, Églantine qui, de son côté, levait les yeux vers lui.

Et à travers l'espace. leurs regards s'unirent comme des lèvres, dans un baiser.

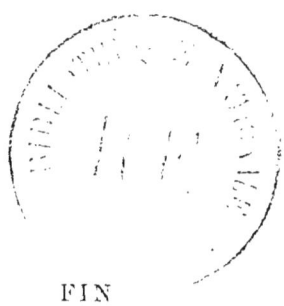

FIN

TABLE DES CHAPITRES

FIN DE LA TABLE

F. Aureau. — Imprimerie de Lagny.

Collection gr. in-18 jésus à 3 fr. et 3 fr. 50 c. le volume

www.ingramcontent.com/pod-product-compliance
Lightning Source LLC
Chambersburg PA
CBHW070317030726
47505CB00004B/1008